達《たっ》身《しん》寺《じ》花《はな》曼《まん》陀《だ》羅《ら》

中《なか》松《まつ》弘《ひろ》子《こ》

文芸社

兵庫県氷上郡氷上町、達身寺《たっしんじ》。八世紀に建立、別名「丹波の正倉院」。
仏師の養成所だったとも考えられ、快慶をはじめ多くの仏師が、
ここで修行したといわれる。
——千年余の昔、一人の遊行僧がこの寺を訪れた。
そして幾夜、年老いた寺男の語り紡ぐ昔語りに耳を傾ける——

本文挿画・大橋　良三

達身寺花曼陀羅《たっしんじはなまんだら》

もくじ

木槿《むくげ》の花

あんさん、この暑い中を、ようお参りで。どこからおいでだした。

へえ、播磨《はりま》の明石からだっか。そんな遠くにまで、丑《うし》、そうやった、快心《かいしん》さんの彫《ほ》った観音《かんのん》さんのうわさ、聞こえとりますのやなァ。

まあ、湯ゥでも飲んで待っておくんなはれ。あとでご案内させてもらいます。

へえ、快心はんのこと聞いておくれだすのか。

へえなァ。丑太《うした》がこの達身寺《たっしんじ》に来たんは、たしか、九つの折だす。

丑太いうのは、快心さんのもとの名ァだすのや。丑、丑いうとりました。

但馬《たじま》の国の春来峠《はるきとうげ》の近くの遠縁《とおえん》のもんに頼まれて、わしが迎えに行き、丑をここへ連れて来ましたんや。

あのあたりでは、七つ八つになったら貧しい家の子は子守や使い走りの奉公に出て、大人の四半分ほどのお手当をもらいよります。

へえ、わしだっか。わしは、嬶《かか》の乙名《おとな》と二人で、この寺で走り使いやまま炊《た》きさせてもろとる三造《さんぞう》、いいますのや。

この達身寺には、仏師《ぶっし》の修行なさるお人が若いもんから年のいったお人まで、常時五十人ほどはおいでで、丹波《たんば》の国の正倉院《しょうそういん》とまで言われとります。

あんさん、ようご承知で。

大仏師《だいぶっし》様も一年に何回かは顔だされて、仏師はんらに新しい手法を教えて行ってだす。

へえ。あんさんも習いにおいでだしたんか？　習《なろ》たり、教えたりもしなはるんかいね。そら、えらいことだすなあァ。

仏師の見習いやいうても、丑ほどこまいのはおりまへん。家へ帰りたい言うてよう泣きよりました。

「かわいそうや」

乙名がふびんがりよりよりましてなァ。

「うしよ、うしよ」

と、そらかわいがりよりよりましたでェ。

丑も国の母親みたいに思えますのやろか。ようなついとりました。

ここでは年がこまかいいうて、甘やかされるようなことはなにひとつおまへん。

朝はお天道《てんとう》さんの上《あ》がらんうちに起こされ、寺の掃除から洗濯、走り使い。朝から晩までこきつかわれますのや。

　べそかいたり、ふくれたりする丑を、

「若い折の苦労は買うてでもするもんや」

と、たしなめたり、なぐさめたりしよりました。

二、三年もしますと、仏師はんの使いなさる、鉈《なた》や鑿《のみ》をとがしてもらえます。

来る日も来る日も、砥石《といし》に向きあう丑は、井戸の端に咲く白い木槿《むくげ》の花が好き。花のある七、八、九月の三月ほどは、この樹のそばを離れよらしまへん。聞けば田舎にも白い木槿があって、

「お母《か》んの好きな花やで、わい、そばにおりたいねん」

と、言いよりますのや。

初めのうちは、手ェすべらしてようけがしよりました。雪のふる冷たい朝は、泣きもってとぎよるのを見たこともおます。


そんな丑に、乙名は干し柿や焼き栗持たしよりました。

二年もしたら、今度は仏像にするための木を回して、まんべんのう風を通しますのやが、これがまたしんどい仕事だすのや。

ええ仏さんは木の中に住んでおいでやと、仏師はんはよう言うてだす。

「わしらは木の中の、仏さんがお出ましなさるのを手伝わしてもろてるだけや」

大仏師様もそないなことを言うておいでだした。

風通しのよい日かげに、立て掛けた丸太は、丑の身の丈ほどのもんやら、それをこえるのもおます。上向け、下向け、右に左に動かして、まんべんのう乾《かわ》かさなあきまへん。

干しが少ないと、彫ってからひびが入るし、干しすぎても、鑿のききが悪うて細かい細工がむつかしいのやそうだすなァ。

仏師はんらは、これぞと思う杉や桧の丸太に名ァを入れときなさるんやが、うっかり倒しでもしたら、ひびが入る。使いもんにならしまへん。

「お前が手荒うにするからじゃ」

丑が、仏師はんになぐられるようなことも、ちょくちょくおました。

「仏さんが、いやじゃ、いやじゃと、出てくるのをこばまれたんや。丑、お前のせいやないえ」

と、乙名がなぐさめると、

「おら、田舎、いにたい」

と、涙ぐみよりました。

へぇ、仏さん彫らしてもらえるようになったんは、十五の春だしたやろ。

「あしたから、わい、道場に入れてもらえるんやてェ」

丑は、こおどりして言いに来よりました。

初めの間は、一尺（約三十センチ）ほどの高さの丸太だす。だれ一人、手ェとって教えてくれるもんおらしまへん。まわりの仏師はんらのしてはるのんを、見よう見まねで覚えていきますのや。

木に墨《すみ》を入れるところから始めますのやが、その時、手慣れた仏師はんには、立ってなさる仏さんや、座ってなさる仏さんの、お姿が見えるのやそうだす。

丑は何もわからんままに、お顔、お首、お胴、お足と、およその見当つけて、鋸《のこ》で引いて、いらんところを除《ど》けていくのやそうだす。

大体の形を鉈《なた》でととのえたら、次は鑿《のみ》で彫りますそうな。

へえ、あんさんようご承知で。

あの子は生まれつきの不器用か、粗彫《あら》りのところまではなんとかなるかいなあと、思とりましても、後があきまへん。細かいとこになると失敗しよりますのや。

何本、丸太をわやにしたかしれまへん。

わしも丑が道場に入ってからは、ちょこちょこ顔だして、仏師はんから聞きかじったことを、こそっと聞かせてやったもんだす。

けど、彫っても彫っても、まともなもんになりまへんのや。口惜しいのでおますのやろ、ある時など持っとった鑿を床に投げつけて、口びるかみしめとるのを見たこともおました。

石の上にも三年とかいうけど、とてもやないが、丑はものにはならん。あきらめさすしかないかいなあと、乙名と言い言いしよりました。

ところが、えらいもんだすなァ。すこし、形らしいものが作れるようになってきよりましたんや。

むつかしいのはお顔やそうで、ことに、口もとの一彫りで、仏さんが笑《わろ》うて見えたり、泣いて見えたりするんやと聞いとります。

丑も、やっぱりそこがむつかしいようで、

「またあかなんだ。またしくじった」

の繰り返し。

そんな丑の、甘えるようなつぶやきが、乙名は、ふびんでならんようで、

「昔、わたしが知っとった木仏師《きぶっし》はんから聞いたことやけど」

と、ぽつりぽつり丑に話して聞かせよります。

「仏さん彫るときは、はじめ、目は小そう、耳は大きゅう、口は小そう、鼻は大きゅう、彫るんやてェ。反対に、目を大きゅう、耳を小そう、口を大きゅう、鼻を小そう

に彫ってしもたら、あとで、どうにもならへん。やり直しはきかへんのやてェ」

それを聞いた時の丑の嬉しそうな顔、

「ばあちゃん、おおきに。おおきに」

って、膝を何べんも何べんもたたきよりました。なんぞ、胸にことんとはまるもんがおましたのやろなァ。


そうこうして数をこなして行くうち、丑も二十歳。不器用ながら、仏さんらしいものが彫れるようになってきよりました。

その時分だす。乙名の目が悪うなりよりましてなァ。

ソコヒちゅう目の病やそうでおます。けども、丑は仏さんが一体できるたんびに持って来て、乙名に見せるのをやめしまへん。

「鑿の当たりがちょっと荒いのん違うかいなあ」

ばあさんは、見えん目ェの分だけ、指の先で仏さんの肩から腕、ていねいに、なぞりもって言いよりました。わしの目にはそうは見えんかったけどなァ……。

聞けばそのころ、丑は酒やばくちの面白さを覚えよりましたんや。どこぞで酒飲ん

で来ては、

「わしみたいな不器用もんを仏師にさせようとした、お母んが悪いんや。不器用もんが、器用になれるわけないやろが」

と荒れよりますんや。

乙名が案じて意見すると、だんだん足も遠のきよります。困ったもんやと思いよりました。

そんな時だす。大仏師様が二年ぶりにおいでになりましたんや。

「おお、なかなか上手に鑿が使えるようになったぞ」

と、丑に言うてくれなはったんだす。それが励みになりましたんやろか、また仏さん作るのに、身ィ、入れよりました。

へえ、実を言うと、乙名が大仏師様に、ちょこっと丑をほめてくださるようお願いしたらしうおますのや。

へえへえ。そらァ、ちょっとやそっとのことでは、お頼みなど出来るもんやおまへん。乙名はなんでや知らんが、そんな不思議な才覚がおました。

人いうもんはいやらしいもんで、丑がちょっとええ仏さん作るようになると、兄弟《あにでし》子さんらのねたみやらいやがらせも強うなるようで、腹立てた丑がつかみ合いのけんかしたりしよります。よう、気ィもみました。

そんなある日、彫りあげた二尺ぐらいの観音さん持って、丑が久しぶりに顔見せよりました。

なかなかのもんやと、わしには見えました。が、手のひらでいとしむように撫でとった乙名は、

「丑よ。お前の仏さん、どうも立ち姿がようないえ。人の気立てや人柄ちゅうもんは立ち姿に出るというやろ。仏さんも一緒え。まあ、もう一《ひと》ふんばり、二《ふた》ふんばりもせなあかんえ」

と言いよりました。ほめてもらえると思て、来たんでっしゃろ。丑はきっとした顔で乙名を見とりましたが、乙名は気ィつかしまへん。

乙名は、言葉つないで、

「それに、お前の彫った仏さんにはやさしいとこがないえ。仏さんちゅうもんは、人さまに手ェ合わせて拝んでいただくもんやいうこと、忘れたらあかんえ。ことに観音

様は、数ある仏さんのうちでもおやさしい仏様。そのおやさしさが出んことにはねえ」

ばあさんは、仏さんのお目と口もとをなぞりもって言いよりました。

笑うておいでやないとわしも思いました。

丑はものも言わずに観音様を包むと、床をけって帰って行きよりました。よっぽど口惜《くや》しゅうおましたんやろなァ。

その日の夕方だしたやろ、丑のお母《か》はんが病気やいう知らせが届きよりました。丑はあの観音さんを持って、但馬の春来峠の家へ飛んでいによりました。

十日も過ぎたころだすかなァ。薄暗い庫裏《くり》の裏口にだれかがぬっと立っとりますのや。

「丑、丑やないのか。今帰ったんか。お母はんのあんばい、どないや」

わしの声に返事もせずに、

「ばあちゃん、ばあちゃん」

と、乙名を呼びよります。

いざり寄って来た乙名の手ェとって、涙を浮かべよりますのや。

「お母はん、悪かったんか」

と言うわしに、首をたてにふった丑は、

「ばあちゃん。わい、わいなあ、わいの彫った観音さんお母《か》んに見せようと、そればっかり思うて、走って帰ったんや。お母んは薄暗い部屋で、青い顔して寝とったのに、仏さん見せたら、起こしてくれ、言いよるねん。

『もったいない。もったいない。お前が、これ彫ったんか。ありがたいことや』

お母んは部屋のすみの棚の上に観音さん置いて欲しい言うんや。高いところに置かしてもらわなもったいない、言うて聞かんのや。言われた通りにしたら、立ち上がって、フラフラしながら寄って行きよった。手ェ合わせて、

『なーむ、だいひかんぜおんぼさつ』

言うて、ふうっと嬉しそうに笑うてくれたんや。わし、その横顔見たとき、あっ、これや。ばあちゃんが言うてたんは、この立ち姿や。この笑い顔や。これを彫らなあかんのやと思た。

そのときやった。お母んはわいの腕の中へ、どうと倒れこんできよった。それがおしまいやった。お母ん、お母んの……。わい、彫る。彫るで。ばあちゃん」

丑の目から涙が、こぼれ落ちよりました。

それからの丑の変わりようはみんなの驚きの的だした。酒もばくちもぷっつりやめて、朝と晩には水ごりを取りよりますのや。

そうだす。眠るのも食べんのも忘れていう言葉がおますやろ。あれだす。

みんなが寝てしもうてからが、すさまじかったように思いました。かすかなあかりの中で、

「南無《なむ》、大悲観世音菩薩《だいひかんぜおんぼさつ》。南無大悲観世音大菩薩」

と唱えながら、鑿をひと打ちひと打ちしよります。

ほらァもう、はたで見とってもありがたいほどの姿だした。

わしは乙名の手ェ引いて、毎晩、こっそり道場へ連れて行きました。丑も乙名に会いたがりよりましたさかいなァ。それに乙名の作った握り飯を、なによりよろこびよりました。

「お前には、荷が重すぎじゃ」

十一面観音像を彫るという丑を、お上人様《しょうにんさま》もお頭《かしら》も、声を揃えて止めなはったそやが、どうでも彫りたいと、聞かなんだそうだっせ。

十一面観音菩薩

さよか。十一面観音さんちゅうお方は、頭の上に、泣いたり、笑うたり、怒ったりの、十一もの面相をのせてはりますのか。けど、丑の、いや、快心さんの彫りなはったのには、何の面相もおまへんわなァ。そこがええ味になっとるんやろってかいね。

わかったような、わからんようなァ。むつかしいもんだすなァ。

二月《ふたつき》の余ォはかかりよりましたやろなァ。丑の彫りあげた一木造りの桧の十一面の観音様は、それはそれは、何とも言えぬやさしさと気高さに満ちとりました。

それに、もうひとつ驚いたのは、丑の立ち居振る舞いだす。気負うところがおませんき。誰かれなしにくってかかっていきよった丑とは、別人のようになりよりました。

乙名の、見えぬはずの目ェが、それを見抜いとったのも、不思議なことでおました。

大仏師様がお見えになったのは、それから間もないころだした。

何でもこのたびは、奈良の法隆寺にお納めするお仏像を、仏師さん方の彫られたもんからお選びになるのやと聞いとりました。

持仏堂に、ほら、ぎょうさんの仏さんが並びよりました。

お釈迦《しゃか》様。阿弥陀《あみだ》様。お薬師《やくし》様。文殊《もんじゅ》様。地蔵《じぞう》様。弥勒《みろく》様。

仏師さん方が精根こめて彫られたもんだすわなァ。

大仏師様は、そのおひとつおひとつを、丹念に見ていかれたそうでおます。そのお足がぴたっと止まったんは、兄弟子はんらがわざと目立たんよう一番端っこに置いた、丑のあの観音様の前やったそうだす。

「これを彫ったのはだれじゃ」

「は、はい。わい、わたくしめでござります」

「おお、丑太というたなァ。お前が彫ったのか。見事な出来じゃ。これを持って、わたしと一緒に奈良の法隆寺に納めに参ろう。よろしいな」

このお言葉の重さ、おわかりだすか。周りのもんは、うらやましさいっぱいで丑を見たそうでおます。

「ありがたいお言葉でございますが、この観音様は、亡くなりました母の菩提《ぼだい》をとむらうために彫りましたもんでございます。そばに置きまして、朝夕、供養《くよう》つかまつりたいと思うておりまする」

これには周りのものは驚いて、声を呑んだそうでございます。せっかくの大仏師様の申しつけをおことわりするなど、考えられぬことだすわなァ。

　ところが大仏師様は、かえってこの言葉に感じられて、

「うーん。これはよい話を聞いた。わしは近ごろ、皆が、仏《ほとけ》作って魂《たましい》入れず。型ばかりを追うのを苦々しゅう思っておった。丑の話はようわかった。この観世音はこの寺の本堂にまつり、長く供養をするがよい。しかし、わしはお前の腕を貸してほしいのじゃ。奈良への供はしてくれるなあ」

丑は快心《かいしん》という名ァまで頂きよりました。

快心さまとよばれるようになった丑はもっと腕を磨くのやと、今朝も暗いうちから起きて鑿を振るうとります。

　奈良の有名なお寺はんで、仏さんの開眼《かいげん》が行われるのはこの八月。当代一流の大仏師様の下で、小仏師《しょうぶっし》に選ばれた快心さんが腕を振るわれる日も近いと思いまっせ。

　わしも乙名もそれが自慢で自慢で、訪ねて来て下さるお人に話しとうて、しょうおまへんのや。

　ハァ？　乙名でございますか。ほんに姿が見えませんなァ。おかげさんで目の調子がちょこっとようなったと言いよります。

丑、いや快心さんの彫った観音様にお供えする白い木槿の花を切りに行っとりますのやろ。快心さんのお母はんの好きな花やと、あれが朝ごとに切りに行きよりますのや。朝に咲き、夕べに咲く花やよってになァ。

快心さんのお手もすくころや、これから持仏堂の方へ案内させてもらいます。こっちだっせ。

おおっ、乙名や。ばあさんだす。快心さんに手ェ引いてもろて。あの白い木槿の花持っておいでのお人が快心さんでおます。

せんぶりの花

へえなァ、あんさんもやっぱり、これがええ言うてだっか。

十人のうち、八、九人のお人がこの尼藍婆《にらんば》さんをほめてだす。

ほんま、見れば見るほどあいきょうのあるお顔しておいでだすやろ。ちょこんと、ふたつのお膝そろえて、小首傾《こくびかし》げてお座りの様子が何とも言えまへんわなあ。

これ作んなはったんは、十二の女のお子だっせ。めずらしいだすやろ。

尼藍婆さんとその右隣においでの毘藍婆《びらんば》さんは、へェへェ、ほれ毘沙門天《びしゃもんてん》さんに寄り添っておいでの脇侍《わきじ》さん、吉祥天《きっしょうてん》さんのお子やと聞いとります。

あんさん、ようご存じで。

兜跋毘沙門天

へえなァ。この毘沙門さんでおますか。どてらいもんだすやろ。持仏堂にお入りになったどなたはんもこの前に立ちすくみはってなァ。しばらくはよう動きなはらしまへんで、へェ。これを作られたお方は、白鳳《はくほう》さんいいましてなァ、唐《とう》の国のお方。遣《けん》唐船《とうせん》で日本に来なさったお人だす。

へえ、もっと話が聞きたいてかいね。

すんまへんなァ。お話しさせてもろたらええねんやが、もう日暮れ。仏師はん方のおまんまの支度せなあきまへん。

あんさん、今晩こちらにお泊まりだっか。

ほんなら、夜さり、庫裏《くり》の方へなと来とくんなはるか。お待ちしとりまっせ。ほな、ごめんなはれや。

さあさあ、もっと火のはたに寄っとくんなはれ。丹波は山国。夜さりの冷えの強《きつ》いとこだす。風邪引かんといておくんなはれや。

えッ、あんさん、角筆《かくひつ》みたいなもん出してどないしなはる。わしの話書くってかいな、てんごう言わんときなはれ。書いとかなじき忘れる？　そら、わしも今言うたことや、したこと、じきに忘れることもあるさかいなあ。まあ、あんさんのええようになァ。けど、なんや、話しにくいもんだすなァ。

へえ。尼藍婆さん作ったお子に会いたいってかいね。そら無理や。あの世へ行かな会われしまへん。

名前を、お楓《ふう》さまといわれましてな。この清住《きよすみ》の達身寺の、お上人《しょうにん》様の末のお子さんだす。そらもう、あないな愛らしいお子は、そんじょそこらさがしてもおまへんだ。

三つの折に疱瘡《ほうそう》にかかられて、気の毒に、お顔にちょこっとアバタが残りよりましたんや。

お上人様の奥方、お大黒《だいこく》様がふびんがられて、人の目に当てんように大きゅうされよったのを、お上人様はそれではあかん言われてなァ。

お経の読み書き教えなはったら、これがなんと、舌をまくほどの覚えのよさ。長いお経文《きょうもん》も二、三度教えればすらすらと、写経をさせれば字も上手。

「この子は、男に生まれてくればよかった」

と、何べんお二人から聞いたか知れしまへん。

お楓さまはなんでや知らんが、乙名に、へえ、わしのお嬶《かか》にえろうなつかれましてなァ。後ばかり追うてだすのや。柴刈り、菜摘《なつ》み、川へ濯《すす》ぎにもついておいでや。わしらが気ィもんでも、お楓さまは、
ままたき、掃除、ぬいものまで一緒にしたいとお言いでなァ。わしらが気ィもんでも、お楓さまは、

「おとなばっちゃとおるのがいっち、すきや」

と言われて、離れようとなさらんのだす。

仏師はんの道場をのぞくようになられたんは、七つか八つの折だした。

女は穢《けが》れが多いいうて、昔から仏さん作るところには入られへんしきたりがおます。

道場の格子にすがって、背伸びしいしいのぞいておいでのご様子に、足つぎの丸太置いてあげたら大喜びで、

「わたしも、ほとけはん、ほってみたいけどあかんのやろか」

あかん、あかんへんとお止めしたけど、どこぞから鑿やら鋸《のこ》を持って来て、へぇ、仏師はんの誰ぞが、お楓さまの言うまま古いもんを渡したんちがいまっか。

お姿が見えんなァと探したら、納屋《なや》の奥のむしろの上に座って、丸太になんやら彫っ

ておいでだした。

いやもう、びっくりしたのなんの。あの切れん鑿や鋸で、何やら人型《ひとがた》らしいもんが出来とりましたで。

わしの遠縁の丑と比べたら、へえ、そうだす。あの小仏師にさせてもろて、奈良に行った快心はんの子どものころと比べたら、月とスッポン、雪と墨、大違いだす。丑ときたら、何本丸太をわやにしたか知れまへなんだもんなあ。どうせ子どものお遊び、怪我《けが》さえなければ、まあええかいなァと、思いよりましたけど、出来かけのもん見てびっくりしましたで。ちゃんと、目鼻のあるもんが出来とりましたさかいなァ。

ああいうのを、持って生まれた才、いうのだすやろか。

あれは、お楓さまが十二になられた年のことだしたやろう。奈良の唐招提寺《とうしょうだいじ》から、唐の仏師の白鳳《はくほう》さんがおいでだした。へえなァ。昼間、あんさんの見なはった、あのりりしい毘沙門さんを彫ったお方だす。

年のころなら、十八、九。うわ背のある、目鼻立ちのきりっとした、ええ若い衆だした。

白鳳さんは唐の国から、今はやりの仏像の漆塗《うるし》り、金箔張《きんぱくば》り、寄木《よせき》の手法などを教えにみえたそうでおます。

けど、なにいうても言葉が十分に通じまへんわなァ。

身振りやら手振りで一生懸命伝えようとしなさるのやが、仏師の中でも上に立つ、お頭《かしら》と呼ばれる人らはええ気がしまへんのやろ、むすッとして、ろくに返事しよらんお人もおいでやそうで……。

白鳳さんもだんだん初めの元気がのうなって、ご膳《ぜん》もあまり食べなさらん。青い顔して眉間《みけん》にしわ寄せて、お腹《なか》押さえなはる。

水が変わったからやろと、乙名が気ィもんでせんぶりを煎じましたんや。

「コレ、ノムカ」

片ことで白鳳さんがお椀のせんぶりを一口ゴクンと飲まれた折の、びっくりされたお顔。

両方の手で、床と頰を交《かった》みにたたきまわって、わけのわからんこと叫んでおいでだした。その様子がおかしいと、長い間、皆の笑いの種になっとりましたで。

はたにおいでやったお楓さまも、笑うて笑うて笑いころげておいでだした。

それからというもの、お楓さまは白鳳さんのあとを影みたいについて廻り、止まれば止まり、走れば駆け出すご様子でなァ。


お楓さまの黒い髪は、肩の先まで届き、色白なお顔に娘らしい丸みが添うて、ぽっちゃりとした頬に手をあてて笑いなさるお顔の愛らしいこと。

ほんにこの疱瘡のあとさえなければ丹波小町《たんばこまち》と言われようものをと、わしが嘆くと、乙名は首を横に振って、

「いえいえ、気立ての良いのがお楓さまの一番の宝もん」

と言いよりました。

お楓さまと白鳳さんは鐘撞《かねつ》き堂のはたで字や絵をかいて、しきりと話しこんでおいでだした。

白鳳さんから聞かれたお話を、お楓さまはお頭《かしら》はん方に、

「パイ先生は、お前さん方にこんなことをお話しになっておいでなのや」

と、話されよりました。

お楓さまの、なんとか白鳳さんの役に立ちたい一心こめてのお話。自分の国の言葉やし、ましてやお楓さまの言われること。お頭はん方もよう呑み込めましたんやろなァ。

唐の手法をなんとか伝えたいという白鳳さんの願い、その白鳳さんのお役に立ちたいというお楓さまの思い、二人の心が、通じ合うのはびっくりするほど早かったと思いましたで。

お楓さまは白鳳さんのことを「パイ先生」と呼ばれ、仏師はんらも、それにならいよりました。お楓さまの思いのせいかせんぶりの効きめか、白鳳さんの顔に生気が戻って来よりました。さかろうておいでやったお頭はんも、だんだんと教えをよう聞くようになられたようだした。

わけへだてのうに教える白鳳さんの人柄の良さや新しい手だてが、仏師はん方にようよう呑み込めてきたんだっしゃろ。作業場に前のような明るさが、戻りよりましたで。

お楓さまとはますます打ち解けられ、白鳳さんはあれこれとお身の上ばなしをされたそうだす。

そのことお話ししましまひょか。夜もふけてきたけど、眠たいことおまへんか。ほんならお楓さまからの聞きかじり、お話ししましまひょ。

白鳳さんのお話
『わたしの生まれは、唐の湖南省《こなんしょう》、汨羅《べきら》。

子どものころに父は亡くなり、母は八人の子を、農作業の手伝いをして育ててくれました。そのころ唐では、あちこちに内乱が起き、貧しい上に、明日の命も分からぬありさまでした。十になったころ、四人の兄は戦争に駆《か》り出され行方しれずになりました。姉たちもよそに嫁ぎ、家には六つ年下の妹の姫羅《きら》と私だけになりました。

ひとりになった息子を、もう戦《いくさ》に取られるのはいやだと、母は寺に私を預けたのです。

寺で僧の修行のほか、仏像を彫ることを教えられました。阿弥陀仏、薬師、観音。それぞれに、お召し物、持ち物、手足の組み方、仏具など、違いを覚えて彫りました。

私は生まれつき器用だったのか、苦労もなく、楽しんで仏様作りに精進《しょうじん》することができました。

世間様からも少し認められたころ、木造りの御仏像の仕上げに、うるしを塗って乾かす手法や、寄せ木の手法が広まりはじめました。

それを、若さから来る呑み込みの早さと、かんのよさで、すばやく自分のものにしたのです。何よりも仏様に接するありがたさと、一体、一体、仕上げる喜びに、彫っては覚え、塗っては覚える日が続いておりました。

唐の内乱から、遣唐使の船のゆききも終わろうかといううわさのあるころでした。

「新しい技法を伝えるため日本に渡れ」

と命令がありました。

国が乱れている上、老いた母親や幼い妹を置いて日本に行くなんてとんでもないと、何度かお断りしましたが、寺への御恩返しをという母の言葉と、たくさんのお金を母に下さるというので、覚悟を決めました。

船は百五十人乗りが四隻。全部で六百人でした。途中で嵐にあい、一カ月余りの苦しい船旅の後、私たちの船はやっと日本の難波《なにわ》の港に着くことが出来たのです。何でも二隻は、沈んだと聞きました。

奈良の唐招提寺で、日本のしきたりや、言葉、仏像、いろいろなことを教えられました。

日本の仏像には、やさしさや、おだやかさは感じられましたが、私たちが唐の国で造った仏像と違って、力強さがないと思いました。

そうこうするうちに、仲間の仏師もそれぞれに落ち着き先が決まり、私はこの達身寺に来たのです』

日本に来て日の浅い白鳳さんと、ようもまあ、こないにぎょうさんの話をお楓さまは出来たもんやと乙名と感心したもんだす。

言葉の通じぬ土地。心ない人の意地悪。唐に残るお母はんや妹はんへのご心配。胃を病みなはったんもそのためやろうと、乙名は言いよりました。

白先生が「国ニ残シテキタ妹ノ姫羅《きら》ノヨウニ思エテ、イトシュウテナラヌ」と言うておくれたと、お楓さまはぽうっと頬を染めてお話をされたが、その時の愛らしさいうたら。何とも言えん気がして、乙名と顔見合わせ、うなずき合うたもんだす。

いとしゅうてならぬと言いなはっても、白鳳さんは妹のように思えてと言うておいでやのに、お楓さまはもっと違う思いを寄せとりなはったんやろなァ。

へえなァ。それまでより、もっとしげしげと、お二人が連れだっておいでのところを見かけよりましたんや。

白鳳さんが胃をこわしなさった折に煎じて飲んだせんぶりを、あんさん知っとってでっか。千回煎じて振り出しても苦いという胃の薬だす。なんでも唐の国にはないそうで、胃の弱いお母はんに飲ませたいと白鳳さんが言われたとか。

あんさんもご存じない。さようで。
七、八月に花が咲きますのやが、そのころ根から引き抜いて、陰干しにするんだす。白い花の方がよう効《き》くんやけど、このあたりはうすむらさきが多いようだっせ。草の丈は五、六寸。リンドウの花を小そうしたような、そらァもう、はかなげな花だす。
白鳳さんに寄り添うて、摘みためたせんぶりの花を持たれた、お楓さまの嬉しそうなお顔がまだ目の底に残っとります。

唐の手法も大方お伝えなはったころから、白鳳さんは、この里の仏師はんと仏像を彫り始めはりましたんや。

力強い唐風《からふう》の手法と、線の美しい日本の手法を合わせたお仏像。

それは白鳳さんが日本に来られてから、ずっと心に描き続けておられた仏さんだしたんやろなァ。

ひと月あまりで、見事な兜跋毘沙門天《とばつびしゃもんてん》さんが出来上がりましたんや。初めて見たとき、わしは身がふるえて止まりまへなんだ。こない力強うてすみずみまで心の届いた仏さん、見たことがなかったさかいになァ。大きな鋭い目。よろいかぶとをつけた、若々しい偉丈夫《いじょうぶ》のようなお姿。世に悪を働く天《あま》の邪鬼《じゃき》を踏まれる足の力強さ。

「当代の仏師で、このように力強い仏を彫れる者は居らんじゃろう」

とお上人様もお言いだした。皆はんの驚きは、そら、たいへんなもんだしたで。お楓さまも何度も道場をのぞき込んでおいでだした。

仏師はんらがこぞって兜跋毘沙門天さんを彫るのを、習い始めてだした。今もこの寺に、ようけ、兜跋毘沙門さんがあるんは、その折のなごりだっせ。

へえなァ。それから間ものうに、遣唐使がやめになるといううわさが聞こえてきましてなァ。

帰国を言い渡しに来た唐招提寺の役僧《やくそう》さんと白鳳さんとの間で、言い争いがあったそうだす。あまりに見事な「兜跋毘沙門天像」を、ぜひ唐招提寺に持って行きたいと

兜跋毘沙門天

役僧さんが言われたのを、白鳳さんが、

「私は唐の国の仏像の手法を伝えるためこの清住《きよすみ》の里に来た者。仏像はこの里の暮らしの中で生まれたものだから、ここに置かれてこそふさわしい」

と一歩もおゆずりなさらんかったそうだす。

あのきびしいお顔の毘沙門さんがこの里を守ってやるぞ、とお約束しておくれのようで、ぜひとも置いていって欲しいとわしも願うとりました。

恐ろしいまでの形相《ぎょうそう》の中にあるなんともいえぬ優しさ。あれは、なんやらお楓さまのこと思うて作られ、残しておいでになるんかもしれん、乙名がそないに言いよりました。

へえなァ。白鳳さんのご出発は、七月七日の朝。その日のことはお楓さまには知らさん方がええやろと、夜明けにはまだ間のある七つ（午前四時）立ち。

乙名はそっとお楓さまに教えて上げたらと言いよりましたが、お上人様のお決めになったことだす。言わん方がええと決めましたんや。

あの朝は、篠竹《しのだけ》を土に突きさすような激しい雨だした。

お上人様は、迎えの唐招提寺の役僧さんに、明日にしたらどうやとは、言うてやおまへんだした。

夜が明けてから、白鳳さんの姿を探しなさるお楓さまのご様子。そらもう半狂乱でおました。お上人様とお大黒様に抱かれるように本堂の方へお戻りやったから、落ちつかれたとばかり思とりましたのに。

夕方になって、お楓さまのお姿が見あたらん。昼過ぎに、嵐のような雨の中をずぶぬれで歩く、よう似た姿を見かけたというもんがおましてなァ。

仏師はんらも、里のもんも総出で探しまわりました。

山深い里のことでおます。

けもの追う山狩りのように、

「お楓さまァ。おふう、さまあ」

と夜中まで探しましたわな。けど、行方はしれまへん。

次の日も、その次の日も、夜遅くまで探しましたが、見つかりまへなんだ。

二里ほどばかり先の佐治川のそばで、お楓さまに似た娘が大雨の中を歩いてる姿を見たという話に、わしは馬借りて走りましたで。

出しました。
稲畑《いなはた》のあたりまで来た時だす。前に乙名から聞いた地蔵さんのことを、ふっと思い
お楓さまが疱瘡にかかられた時、乙名が皆で願かけ参りしたお地蔵さんだす。
お楓さまも、時々はお供を連れて、お参りに来とってだした。地蔵さんは川のはた
の崖っぷちにおます。
崖の下の谷川は、おとといからの大雨で、水かさがふえ、赤土まじりの泥水がごう
ごうとおそろしい音で流れとりました。
息が止まるかと思いました。
見覚えのある赤い鼻緒のわらじが片方、地蔵さんのほこらの前にぽつんとおますの
や。まさかと思いながらふと花入れを見ましたら、まあなんと、せんぶりの、こまか
い、うすむらさきの花が竹筒いっぱいに挿しておます。
ここから、身を投げはったんやろか。いやいや、そんなことはない。白鳳さんのお
母さんにあげるせんぶり摘んでおいでの時、足が滑ったんかもしれん。たまらん思い
で戻ってきました。

わしがせんぶりの花とわらじをさしだすと、お大黒様はわあっと大声で泣き出され、お上人様はただだまって手を合わされました。

泣きはらした目をした乙名はものも言わずに、わしを納屋の奥に連れていきよりました。木箱の上に、一尺そこそこの尼藍婆《にらんば》様が置かれとります。あんさんが今日ごらんになったあれでおます。

「これをお楓さまが？」

乙名はうなずくと、わしにしがみついて声をあげて泣きよりました。

白鳳さんが道場で毘沙門さまを彫っておいでのころ、お楓さまもここで尼藍婆さんを作っておいでだしたんや。うかつなことに、わしも乙名も気ィつかなんだんでおます。

尼藍婆さんも毘沙門さんの脇侍さん。別れてもお側におりたいという、お楓さまの心の奥がしのばれますわなァ。

白鳳さんのお母はんに持っていんでもらうべし、だっしゃろ、藁《わら》でしばられたせんぶりの生乾きが、納屋の戸口で揺れとりました。

「ほんま、お楓さまとそっくりのあいきょうのある尼藍婆様や」

乙名はそう言うと、また涙落としよりました。

両手を膝においてちょこんと座った尼藍婆さんは、仏師はんの彫られたようななめらかさこそおまへんが、一打ち一打ちの鑿のあとがなんともいえん味になっとりました。

せめてものこととお上人様も思われたんだっしゃろ。お楓さまの尼藍婆さんは、持仏堂の兜跋毘沙門さまのお足許《あしもと》に毘藍婆《びらんば》さんと一緒に置かれることになりました。

ええっ、あんさん冷えて、お腹が痛むってかいな。そんならせんぶりがよう効きます。湯ゥも沸いとる。苦いけどぐっと飲んでみなはれ。じき、ようなりまっせ。

あした、もういっぺん、毘沙門天さんと尼藍婆さんとを拝みたいてかいな。そらァお楓さまも、白鳳さんも喜んでだっしゃろ。

そんなら、今夜はここらあたりで。

おやすみなされませや。

兜跋毘沙門天脇侍（毘藍婆生像）

くろもじの花

ほんに、あんさんようお越しで。

二年ぶり、へえェ、三年になりまっか。

久しうお見えがないんで、どうされたかと乙名とお案じしとりましたんや。

あちこち、遊行《ゆぎょう》しておいでだしたんか。

へえ。旅先で、お上人様の彫られた赤杉のお地蔵さんのうわさ、聞かれたんだっか。

どんなんやってかいね。

ほらァ、もう。一目見ただけでありがとうなりまっせ。まあ言うてみたら、腹の空いたときおまんまいっぱい頂いたような心地になるとでも言いますかいなァ。

持仏堂へは庭からが近道、こっちでおます。ああ、この木ィだっか。くろもじの木ィ、いいます。

幹にも枝にも黒い斑点《はんてん》がおますやろ。なんぞ字が書いてあるように見える。そやよって、くろもじの木ィいうそうだす。

摘んだ葉をようもんで、出た汁をおなごの髪にぬると、つやが出てええ匂いがしよります。お楓さまが生まれなはったとき、お上人様のお指図であっちこっち植えたんがこないに大きゅう育ちましたんや。

お大黒様がお楓さまの髪撫でて、ようおつけになっておいでだした。つやつやしたええおぐしのお楓さまのことが、このくろもじの木ィ見るたんびに思いだされてなりまへん。

お楓さまのことは憶えておいでだすか。

へえ、そうだす。遣唐使の船で見えた仏師の白鳳さんとのお別れで、覚悟の入水《じゅすい》ともなんともわからんままにお亡くなりになられた、あのお楓さまだす。

あのあとが大変でおました。お大黒様は、

「たった一人しか授からなんだおなごの子を死なせてしもたのはお前様や。唐の国にお帰りの白鳳様に、きちんとしたお別れさえさせといておくれたら……。あの子が若い命を我が手で散らすようなことはせなんだはず」

と、朝に夕べに嘆かれますのや。ご無理もないと、思いよりました。

お上人様にすれば、お楓さまと白鳳さんのむつまじいご様子が、おもしろうなかったん違いますやろか。男親の気持ちでは、別れの愁嘆場《しゅうたんば》を娘にさせともない。見ともない。そう思われて、白鳳さんの出発の日も時もお楓さまに言われなんだと違うかいなァ。そない思いまっせ。

男ちゅうもんはやくたいないもんで、自分が悪いとわかっとっても、おなごに泣いて責められるとへきえきするもんだす。まして、娘を亡くしたつらさはお上人様もおんなじのはず。寺を空けることが多うなられましたんや。

今日は隣の村で検地の立ち会い、今日もどこやらの郡《こおり》で訴訟事やと、出歩いてばっかり。おさまらんのはお大黒様だすわなァ。

盆の施餓鬼《せがき》がすむのを待っとったかのように寺を出られて、ここから二里ほど奥の、香良《こうら》の滝のはたの庵《いおり》に籠《こ》もられたんだす。

滝に打たれて、お楓さまの菩提《ぼだい》をとむらいたい言われてなァ。

十日たち、二十日が過ぎてもお帰りやおまへん。東大寺《とうだいじ》の修行から戻った石弁《せきべん》さんと、お上人様のお言いつけで、かわるがわるお迎えに参《さん》じましたんやが、どない申しあげても帰ると言われまへんのや。

石弁はんのことだすか。そないいうたら、あんさん、一度もお会いになったことおまへんなァ。今、達身寺で、若いけどお上人様の片腕や言われておいでのお方だす。七つ八つの頃からこの寺に来て、お楓さまのええ遊び相手だした。

お上人様に目ェかけてもろて、お楓さまのお亡くなりの、あれは一年ほど前から修行のために東大寺に行っておいでだしたんや。

どこまで言いましたかいなあ。

そやそや。お楓さまばかりかお大黒様までおいでやない、お上人様の淋しげなご様子。ご高徳と噂のお方が、

「近ごろは夜が眠られへんのじゃ」

と吐息まじりにおっしゃることがしばしばでおました。

庭の大樫《おおかし》の実が音立てて落ちる、木枯らしの晩だした。誰ぞ庫裏《くり》の戸をたたくもん

がおます。

こないな寒い晩に誰やろと戸を開けたら、なんとお大黒様が立っておいでだす。乙名がいろりに火ィくべて、芋の粥をお出ししたら、人ごこちがついたと言われよりました。

「おお、おお、帰って来たんか」

お上人様の声がしました。

乙名が石弁はんに言うて、お呼びしよりましたんやろ。

お大黒様はこんなお話をしてだした。

「近ごろ、毎夜のようにお楓が夢枕に立ちますのや。聞いてくだされ。あの子はまだ三途《さんず》の川の手前におりますそうな。昼間は早死されたお子らと賽《さい》の河原で石積んで、この世のもんの供養して遊ぶそうやが、日暮れになると地獄の鬼が出て来て『親より先に死んだ奴、この親不孝者』と、積み上げた石の塔をくずしますそうな。つらいのと、怖いのと淋しいのとで、皆泣きだしよりますとなァ、お地蔵様が出て来られ、鬼を追い払い、小さいお子を抱いたり、そばに引き寄せてくださるのやと、言いよります」

お大黒様から聞く話は、東大寺から戻られた石弁はんに聞いた話によう似とりました。

へえ、地蔵和讃《じぞうわさん》言いますのか、あんさんもご承知で。

へえなァ。お大黒様は、

「あの子が、『おとと様とおかか様が、お楓のため仲たがえしておいでやと成仏《じょうぶつ》はできませぬ。どうぞおかか様、寺に戻っておとと様と前のようにむつまじゅう暮らしてくだされ』と泣きよりますのや」

お上人様はなんべんも大きゅううなずいておいでだした。

「お念仏三昧《ねんぶつざんまい》に過ごしておれば、あのような死に方をしたお楓も、かならず成仏させてもらえると思とりました。ほんに、浅はかなことをして、皆にもすまぬことをしたと思うとります……」

お大黒様は、深うにおつむ下げてだした。

へえ、あれ以来、お大黒様はもう香良にはお戻りにならず、ずっとこちらでお暮らしだす。

お上人様がお地蔵さんを彫り始められたんは、それからまもなくのことだした。

二十年の余も仏さん彫られたことのないお上人様がなんでやろと、仏師はんらが首傾《かし》げてだしたが、わしにはようお気持ちが呑《の》み込めました。

数ある材からお上人様が選ばれたんは、赤杉の木だした。この杉は達身寺の裏山の木で、寺の大屋根をおおうような大木だした。根元の太さは、大人が三人手をつなぐほどおましたやろ。

根元から一間ほど上がったとこで三方に枝分かれする三つまたの杉やさかい、里のもんは達身寺の三股杉《みつまたすぎ》とも、千年杉とも言いよりました。

へえなァ。お楓さまが、五つか六つのころだした。さっきお話しした石弁はん。へえ、そうだす。小さいころは弁太言われとりました。隣の柿柴《かきしば》の在から小僧の修行に来たんだす。近ごろの都ぶりまねた、租税逃《のが》れの坊さま仕立《じた》てではおまへん。弁太はこまい時ふた親に死に別れ、へその婆しとるばばさんに育てられとったんやそうだす。

お大黒様がお楓さまをお生みの折、とりあげたのも同じばばさんだす。そのばばさんも齢《とし》で亡《の》うなり、引き取り手もないまま、お上人様が寺に連れてきなはったんだす。肌の色こそ浅黒いが、目鼻立ちのはっきりしたかわいいわっぱでなァ。

身軽いこと、はしかいことというたら、山猿の生まれ変わりやないかと思うほどだした。

あんさん、小坊主さん決めるのに、何を一番にするんか、ご承知だっか。みめのよいことやそうだっせ。お坊さんいうのは高貴なお方のお側にはべったりしますやろ。そんな折、むさいのはあかんのやそうで。弁太はそれにかなう、ええ顔立ちしとりました。

弁太はお上人様から石弁と名を付けてもろて小坊主になったんだす。けど、なに言うても七つ八つのいたずらざかり。お経の読み書きよりは、飛んだり、駆けたり、木によじ登ったりが好きで、生傷《なまきず》のたえることがおまへん。孫のようやと乙名がいとおしんで、薬つけたり餅食わしたりしますと、死んだばばさんのことを思い出しますのやろ、ようなついてなあ。

その弁太に、乙名は口癖のように、

「お楓さまに性悪《しょうわる》してはいかんえ。お楓さまのおっしゃることはよう聞くんえ。お前様は三つも年が上、きっとお守りするんえ」

と、言うて聞かせよりました。

お楓さまは兄様方《あにさまがた》とはぐんと遅れて生まれた末のお子。兄様方はひとまわりもお年上、いきおい弁太が一番身近な遊び友達だした。

丹波の春は里の方から、花に乗って来よります。寺の周りの野や山が黄色やうすも色の花でうもる頃、くろもじの木もきみどり色のこまい蕾《つぼみ》つけよります。

その頃になると、裏山の赤杉も濡れるような緑の新芽を真直ぐに伸ばしよります。

弁太はその赤杉に、手をかけ、足をかけ、すばしっこく登ると、

「柿柴のばばちゃの家が見えとるどォ」

と、おがりますのや。

危ないから降りるように言うても、聞かしまへん。

ある日、お上人様に見つかりましてなァ。

「大きい木には、仏様が住んでおいでや。登ったり、腰おろしたりしたら、仏《ぶつ》ばちが当たる」

と、えろう叱られました。それっきり、あの赤杉には登らんようになりよりましたで。

けど、お楓さまにせがまれて、木に登ることを教えよりました。もちろん、赤杉と

は違う木だっせ。

あっちの木、こっちの木に、ぶらさがらしたり、よじ登らせたり、しよりました。姿が見えんと思とったら、二人で門の前のこぶしの木に、小鳥みたいに並んで腰かけておいでるのを見たこともおます。

木登りばかりと違いまっせ。お楓さまにだけはさからわなんだようで。あのやんちゃ坊主がくろもじの花集めて、ままあそびのお相手しよりましたでなァ。

そやそや、こんなこともおました。

あれは五月の初めのええ天気の日。わしが庭で薪割りしとったら、お楓さまの悲しげな声がしますのや。

「だれぞ、はようきて。ちょうが。ちょうが」

赤杉を指さして泣き叫んでおいでだす。

急いで寄って行ったら、女郎蜘蛛《じょろうぐも》の大きい巣に紫色の見事な蝶がかかって、羽をばたばたさせとりますのや。

「待っとっておくんなはれや」

木登りのできんわしは、長い竹竿でもと、駆けだしました。

あの高さでは一本の竿では届かへんと、二本の竿をしばって乙名と二人で担《かつ》いで来たときは、お上人様、お大黒様、弁太も来とりました。

弁太は「かんにんや」と言うなり、赤杉にくらいついて登りだしたんだす。

「はよう、弁太。はよせな、ちょうが」

お楓さまの声がせつなげだした。

弁太が登った枝では低すぎます。もうひとつ上の枝やないとあきまへん。蜘蛛は人の気配を感じるのか、蝶に近寄らしまへん。弁太はといえば、もうそれ以上進んだら枝が折れそうで、前には進めそうもおまへん。

竿を繰り出してやると、少しずつたぐり寄せよります。腹ばいで長い竿を使うのは、大抵のことやおまへん。ましてや子どもだす。

「弁太、もうちょっと、上や」

「もっと竿を、左じゃ、左」

「はよう、はよう。弁太、はよう」

お楓さまのお声が、いっしき、悲しげだす。

竿が枝を打つ音、風切る音。杉葉がぱらぱら落ちてきよります。

「やったア」

と、弁太の声。紫の蝶が、よろけるように舞い上がると、

「弁太、おおきに」

お楓さまは飛び上がりながら言うてだした。

その時だす。

「オッ、あぶない」

お上人様のお声がした途端、木の間から、黒いかたまりが落ちて来るのが見えました。

「弁太や」

と叫んだ時、なんとお上人様はその真下まで走っておられたんだす。

どしーん。

お上人様は弁太を抱きとめたまんま、仰向けにひっくりかえってだしした。お頭を強く打たれたようだした。弁太はお上人様の腕の中からピョコンと起きあがりましたが、お上人様はピリッとも動かれまへん。

あわてて駆けよった乙名が、

「じーっと、動かしたらあきまへんえ。だれぞ、はよ、手桶に水を。それになんぞ上にお着せするもんを」

と、てきぱき指図しよります。夜着《よぎ》やむしろ持って来るもん。頭を冷やすもん。お大黒様と、お楓さま、弁太が、かわるがわるお顔をのぞきこんで、

「とと様！」「お上人様！」

と声かけよりました。

「どないしたんや。みんな」

やがてのことに、お上人様は急に頭をおさえて座ってだした。周りを囲んでいた仏師はんらもわしらも、声をあげて喜びましたで。

お上人様はぽつりぽつり、こない言うてだした。

「なんやらわからんが、白い雲のようなもんの上にわしは寝ておったようじゃ。その雲みたいなものが、何度も何度も、わしを包み込もうする。すると、何やら呼びかけて来るもんがいてのう。妙なことやと思うているうち、だんだんはっきりとしてきたようじゃ」

呼びかけとったんは、お大黒様、お楓さま、それに弁太の声に違いおまへん。へえなァ。お上人様はしばらくの間は、頭をニワトコの煎じ汁で冷やしておいでだしたが、まものう瘤《こぶ》もひいて元気になられました。

あれはお楓さまがお亡くなりの前の年、その赤杉に雷が落ち、てっぺんから真二つに裂けましたんや。

このままでは危ないとお上人様が言われて、仏師はん方が切り倒しましたんやが、三つまたの根方までは雷さんの勢いも届きかねたんか、傷ひとつない見事な丸太が取れよりました。

雷の落ちた樹のことを、霹靂《へきれき》の樹《き》ィというんだそうだすなァ。あんさんもご承知で。その霹靂の樹でお仏像を造るとええと、うわさには聞いとります。けどお頭はんも仏師はんらも、どなたもわしがするとは言われまへん。

「よっぽど腕のええ仏師さんが手掛けなはったら、見事な仏様が、お出ましになるんやけど」

と幾人ものお頭方が、言うてやったけどなァ。

年の経た樹ィいうもんはまことに堅いもんやそうで、鑿《のみ》を何本わやにするか知れんとか。ましてや、木ィの根性が宿る根元のとこだす。これはよほど腕の立つお人でないと彫るのは無理やと、どなたも手掛けようとはされぬまま、木屋《きや》の奥深《おくぶこ》うに仕舞われとりましたんや。

ほんに、思えばあの赤杉を切り倒してからだすわなァ。いろいろなことが起こりよりました。

小僧の石弁はんを東大寺に修行にお出しになると、入れ違いに来られた白鳳さん。お頭さん方とのもめごと。お楓さまの幼い恋。あげくの果てのご最後。忘れられるもんやおまへん。

それとは知らず、長い修行から戻って来た石弁さんの嘆きよう。でも何とかと気ィとりなおされたんだすやろう。小僧のころの弁太に戻って、お上人様をお助けしたり、香良にお籠もりのお大黒様のもとに参じなさる石弁さんに、わしら夫婦がどれだけ助けられたことかしれしまへん。

お上人様は木屋に置かれた材の中から、赤杉の丸太をお選びだした。撫でるようにさすりながら、こないお言いだしたで。

「お楓もこんまいときからよう見て育った木や。あの子も喜ぶことやろう。わしはこの材でお地蔵さん彫らしていただくことにする」

次の日から道場に入られたお上人様は、

「久しゅう鑿など持たぬ手じゃ。どうぞ、お地蔵様、この赤杉からお出まし下さりませ」

と、長いこと赤杉の丸太に手を合わせておいでやったとか。

お上人様はもともと仏師であられたのを、先代のお上人様が、人柄、学識を見込まれて、この寺の跡目《あとめ》を継がされたお方。仏師としてのお腕もたいしたものやと聞いとりました。

白い作務衣《さむえ》のお上人様が道場で赤杉を彫り始められると、なんともいえぬええ杉の香りが、寺うちに満ちよりました。

床に片膝つかれたお上人様が、一打ち、また一打ちと、鑿を当てられると、まるで鋼《はがね》でも打つような音がしよりましたでェ。

村のもんは、清住の里から地の果てにまでしみこんでいくような、きびしい音色やと言うとりました。

へえなァ。初めのうちはお上人様のはたへ寄って、もの珍しげに眺めとった仏師はんらも、あまりにひたむきなお仕事ぶりに、おそばにも寄れんような気持ちになられたそうでおます。

丹波は雪の来るのも早うてなァ。霜月《しもづき》の半ばには、白いもんがちらちらします。冷たいと手ェもかじかんで動きもままにならんかと、火桶《ひおけ》に火ィ入れてお持ちしますのやが、いらぬと言われてなァ。わき目もふらんお仕事ぶりで、雪の日も汗を流しておいでだした。

せめて鑿なととがして貰おうとしても、これも自分ですると仰せだした。

彫り進まれていくうちに、不思議なことが起こりよりました。

お地蔵さまのお鼻筋にそうて美しい木目が一本、すうっと立ちましてなァ。

半眼に開かれた両方の切れ長のお目にも、ぴたーっと美しい木目が現れたそうで。

こんなことは万に一つもあることやないと、お頭はん方も言うておいでだした。

この木目がお地蔵さまのお顔を一層やさしゅう、気高う見せるのやと、出来あがら

地蔵菩薩（左頁とも）

63　くろもじの花

ぬうちから、えらい評判になりよりました。

円満なお顔立ち、きりりと結ばれたお口もと、福々しいお耳、長い眉。拝ましてもろたもんが、皆、口々にほめよりました。

へえなァ。お地蔵さまはたいがい左に宝珠という珠を持たれ、右手は錫杖《しゃくじょう》という杖を持ってお立ちだすわなァ。ところが、お上人様の彫られたお地蔵さまは、手になんにもお持ちありませんのや。

初めて見せてもろた時、なんでか思うておたずねしたら、なんとお答えになったと思てだす。

「お地蔵さまには、抱かれたい、救われたいお人がぎょうさんおいでや。ものをお持ちやと、かえってご不自由かと思うてな」

と、お答えだした。

両方のお手を、こまいお子を抱きやすいような形に曲げておいでだっせ。お膝の上にお子を乗せやすいように、あぐらをかいておいでだっせェ。

へえ、結跏趺坐《けっかふざ》いいますのか。さようで。あんさん、よう知っておいでやなァ。

出来上がったのが今年の弥生《やよい》なかば。近在は言うに及ばず、遠いところからも今もなお弁当持ちで見に来るお人もおいでや。

「ぜひにもゆずって欲しい」

という高貴のかたのご依頼にも、こればかりはと断り続けておいでだす。

石弁はんもお楓さまのことを思われますのやろ。朝に夕に持仏堂に来ては、手ェ合わせておいでだっせ。

目の不自由な乙名はお地蔵さまに両方の手ェかざして、

「ええ香りの仏さん。やさしい、美しいお地蔵さんということが、わてにもようわかりますえ。これでお楓さまもきっとお成仏なされますわなあ」

と言いよります。

へえ、お楓さまの夢の話だっか。その後、お大黒様から聞いたことおまへん。

きっとお楓さまは乙名の言う通り、お成仏されたんだすやろなァ。

千年杉のあったとこ見たいてかいね。そこの、まだこんまいくろもじの木のあたり。

へえ、そこだす。

杉の根株のあったとこに、わしはくろもじの枝の挿し芽をしましたんや。お上人様もお大黒様も、お楓さんの生まれなはったときのことを思い、

「ほんに、ええことしておくれやった」

と、えろう喜んでおくれだした。

あんさん、くろもじの木に、ほれ、黄ィ緑色の、こごめほどの花が咲いとりますやろ。

花はこうして季節忘れんと咲くけど、お楓さまは帰って来られまへんのやなァ。

わしの目には、あの、愛らしいお楓さまが小坊主の弁太とかくれ鬼しておいでたお姿が、あのくろもじの木の間に見えかくれしとるような気ィしよりまっせ。

山ざくらの花

あんさん、ようお越しで。一年ぶりだすかいなァ。

乙名の竹笛が聞きとうなったってかいね。そういうたら、この前のお越しの折、乙名から竹笛、習うておいでだしたわなァ。

わしも聞けるなら聞きとおます。

乙名はあの世へ行きよりました。丁度、今日が百箇日だす。

へえなァ、風邪こじらせよりましたんや。この冬の丹波は雪が多うてなァ。暮れから弥生のなかばまで、四十日は降りよりました。寒さも凍《い》てもひとしおのもんだしたで。

乙名は年の暮れに風邪ひいてなァ。正月過ぎても、立春過ぎても治りよらしまへん。お上人様もお大黒様も、そらァもう心配してくれなはってなァ。風邪は万病のもと、大事にせなあかん言われて、やれ、はちのみつじゃ、卵よ、薬よ、祈祷よと、もったいないほど手を尽くしておくれだした。

けど、寿命だしたんやろなあァ。とうとう、あきまへなんだ。

へえ。おおきに。

わしならもう大丈夫だす。当座はぼうっとしてしもて、生きとるのか死んどるんか、まるで体が宙をさまようとるようでなあ。わしもあと追いたいと、なんぼ思たか知れしまへん。

食べられず、眠られず、ただうつろな思いで、日を過ごしとりましたら、お大黒様が、

「三造はん、お前んがそのありさまでは、乙名はんが行くとこへも行けんで迷うんと違うか。だれが乙名はんの供養するのんや。乙名はんはお前に供養して貰うのが一番嬉しいんと違うのんか」

と言われましてなァ。

気ィ取り直して、ふた七日《なのか》、み七日とお勤めさせてもろとるうちに、生きとらなあかんと思うようになってきよりました。

それにしても、わしほど情けない男はおまへん。聞いとくんなはるか。

へえなァ。あれはたしか、乙名の死ぬる五日ほど前の夜だした。

「ぼつぼつ、覚悟しといて、おくんなはれ」

と、言いよります。お迎えの近いのがわかりよりましたんやろなァ。

「わて、あんさんにぜひにも聞いてもらいたいことがおますのえ」

「聞きともない。そのようなこと、病が治ったらなんぼでも聞く。それよりか早う元気になることや」

なんともいえん淋しそうな様子が、乙名に見え始めたんは、それからだした。

わしはせっかくあれが話そうとした最後の話を聞いてやろうともせず、この世との別れの悲しみを乙名一人に押しつけて、あの世へ送ってしもたんだす。

今思うただけでもすまんことしたと、胸が痛うてしょうがおまへん。

へえ。乙名は目が悪うなってからも、わしの身の回りから仏師はんのおままの支度、掃除、濯ぎ、使い走りと、よう働いてくれよりました。目が利《き》かんぶん、耳や勘がよう働くのかいなあ、目明きのわしよりようものが見えよりました。

へえ、あんさん、ようおわかりで。

乙名は、わしが言うのもなんやが、頭の先から足の爪の先まで、かしこさとやさしさがいっぱいつまったようなおなごだした。

「あの時、命落としとっても仕方のない身が、あんさんのおかげで、こないに幸せにさせてもろて」

が、口ぐせでおました。

まま炊きもってこないなことも言いよりました。

「わてらは仏師さん方が仏さん彫んなはった木っ端《こば》で炊いたおまんま食べさせて頂いて、朝に晩にありがたいお経や鐘の音聞かせてもろて。思うてみたら、こんなもったいない暮らしはおまへん。あれもこれも、みんなあんさんのおかげですえ」

あの時てなんのことや、言いなはるか。わしには過ぎたおなごやよってに、なんぞわけありやと思うとったてかいね。なれそめの話、せえってかいね。あれの百箇日においでたのも何かのご縁。聞いていただくのも、仏の供養になりますやろ。ほんなら、まあ、聞いとくんなはれ。

わしのことから言わんとあかんわなあ。なんや、てれくさいもんや。

へえなァ。わしの生まれは、難波の住吉《すみよし》だす。物言いに難波なまりのあるんはそのためだすのや。

ふた親は漁師だした。わしが三つの折、えらい時化《しけ》の日に海へ出たまま帰って来なんだそうだす。

へえ、そらァ、顔も声も覚えてしまへん。

それからのちは母方のばばさんが育ててくれたんやが、ふびんがかかりましたんやろ。したい放題、言いたい放題、そらもう甘やかされて大きゅうなりましたんや。

そやさかい、年ごろになってどこへ働きに行っても続かしまへん。そのうち悪い仲間にさそわれて、ばくち打つことおぼえたんだす。

おんぼろの着物着とっても、明日食う米がのうても、

「今に見とれ。いっぱしのばくち打ちになって、わしのことをアホあつかいするやつらの鼻あかしたるわ」

と、いきまいとりましたんや。

親が残してくれた土地や家までばくちのかたにする始末。嘆いて嘆いて嘆きぬいたあげく、ばばさんは生瀬《なまぜ》に住む遠縁のもん頼る言うて家を出て行きよりました。口うるさいばばさんがおらんようになったもんやで、わしは鍋、釜、夜着《よぎ》まで市で売って、金にかえてのばくち場通い。ひともうけしたる言うての帰りの財布はすってんてん。

そないなったら、仲間やと思とった奴も、薄情なもん。一文の金も、椀一杯の粥でさえ、くれる奴はおりまへんなんだ。

あれは十七、八のころだした。借金のかたに取られた家をいよいよ立ちのかなあかんようになった晩のことだす。

家の中を、どう見回してみても、金目になりそうなものはおまへん。

昔、ふた親が漁に出とったころ使うとったボロ小屋が庭すみにおます。どうせ何もあらへんやろうと入ってみたら、天井に投網《とあみ》がかかっとりました。

次の日、市に持っていったら、これがなんと、二十文で売れたんだす。百文にも二百文にもしたろと、ばくち場に出掛けたんが運のつき、見とる間に金はのうなりました。

ええ、ままよと、着とったよれよれの麻の着物から、色あせた四つばかままでぬいで、それも賭けたんだす。もうやけくそでだした。

へえ、見事に負けました。

へえなァ。乙名のことだすやろ。まァ、もうちょっとの間、話聞いとくんなはれ。わし昔からのくせで、どうも順だてて話さんと、わからんようになる。どこまで言いましたかいなあ。

そやそや、あれは秋も終わりのころの寒い日だした。身につけとるもんいうたら、色のやけた揉《も》み烏帽子《えぼし》とうす汚れた下帯に肌じゅばん。裾のもけた下ばかま一枚だけだす。

歯の根があわんほどの寒さに、体のふるえが止まらしまへん。帰る家もおまへん。あてものう歩き出しましたんや。ばばさんのことが、しきりに思い出されました。

わしが悪かったんや。こんな目にあうのも、ばばさん泣かした罰《ばち》があたったんや。そや、ばばさんの頼って行った、生瀬の遠縁、訪ねてみよ。いやあかん、あかん。追い返されるのに決まっとる。どないしたらええやろ……。もう考える力もおまへんだした。

朝から何も食べとらしまへん。ええ思案が浮かぶはずおまへんわなァ。

腹が減って、ひもじゅうて、人の目はばかりながら、田圃に残っとる稲の穂しごきましたんや。皮むくと、ちゃんと米つぶが入っとります。生米《なまごめ》がこないに甘いもんやとは知りまへなんだ。

腹の皮と背中の皮のひっつきそうなのは、なんとかおさまりましたんやが、生米食べたせいやろか、冷えてきたせいやろか、今度は腹が痛うなって、峠の道端にへたりこんでしもたんだす。

秋の日は暮れるのが早い、こんなとこで夜明かししたら、飢えと寒さで凍え死ぬやろと思うた時だす。ふもとの方から、赤い火が木の間越しにだんだんと近づいて来よりましたんや。

この達身寺の先代のお上人様だした。

あの時、お先代様にお声をかけてもろてなんだら、わしはあの峠でのたれ死にして、山犬のえじきになっておりましたやろ。

お情けで寺男をさせてもらうことになったんだす。

生まれて初めて目にした仏師はん方のきびしい修行。今までのわしの生き方はなんやったんやろと思うたもんだす。

この葛野谷《かどのだに》は、奥丹波《おくたんば》。その時分は、ばくち場も飲み屋もおまへんだした。あったらどうなっとったかわからんてかいねえ。てんごう言わんといとくんなはれ。罰があたるがな。

お先代様のお言いつけで、朝と晩とに、鐘をつかしてもらいました。ゴーンと鳴る鐘の音が、丹波の峰から峰へと渡ってゆくとなァ、わしの心に沁んでくるようで、なんともいえん心地になりますのや。人間生まれ変われるもんやなあと、しみじみ思いよりましたで。

へえへえ。乙名のことだすやろ。

娘時分は平城京の藤原の何とやらいう大きなお屋敷の、北の方にお仕えする、青女房《あおにょうぼう》の一人やったそうだっせ。

「ほんに、細かいことによう気のつく子や。物覚えのよい子や」

と、北の方にえろう気にいられて、何時も、お側近くに置いてもろうて、目ェかけてもろたのやそうだす。

同じお屋敷に、お抱《かか》えの伶人《れいじん》、ご承知だすか、笛や鼓《つづみ》を打ったり、舞を舞うたりするお方だす。三条の佑友《すけとも》とかいうお人がおりましてなあ。なんでも北の方様の想《おも》われ人であったそうだっせ。

その佑友さんが、折々、青女房やおはしたはんら集めて、笛や鼓をお教えなさることがあったそうだす。けど乙名ほど覚えのよいのはおらなんだとか。そうなると、教える方にも教わる方にも力が入りますわなァ。はたから見ると、二人がただならぬ仲のようにでも見えましたんやろか。

つね日頃から乙名のこと、うらやんどる青女房やらおはしたはんらは、あることないこと北の方に告げ口したのやそうだす。


お方様はきつうご立腹。

相手がこともあろうに佑友さんとあっては、気が納まらなんだんだっしゃろう。

あんさん、空《うつ》ろ舟《ぶね》の刑というのをご存じだすか。高貴なお家、へえ、天子様のお側でもあったそうやが、どうにも許せんことが起こると、たとえお姫様でも木をくりぬいた空ろ舟に乗せて、川に流したそうでおます。

そこのお屋敷でもそうでしたんやろか。仕えとるもんが悪いことしでかしたら、手足しばって小舟に乗せ、上からむしろかぶして、川へ流したのやそうでおまっせ。流れ流れてゆくうちに誰ぞが見つけてくれたら、命みょうがのもんやいうて生きていけるが、もし、だァれも見つけてくれなんだときは、飢え死にか溺れ死にか凍え死に。なんともむごい刑だすのや。

なごり雪の降る三月の寒い夜、白い着物に白いしごきの乙名は、誰ぞが入れてくれた竹笛と、乙名の母親の形見やという、厨子仏《ずしぼとけ》さんと一緒に木津川《きづがわ》へ流されたのやそうだす。

竹笛は佑友さんに頼まれたおはしたはんが、そうっと入れたんかもしれん、と言うとりました。

へえなァ。これはもともと北の方様の、きつい悋気《りんき》から生まれたこと。身に覚えもないままに、乙名の受けたお仕置き。

佑友さんにはなんのおとがめもなかったんだっしゃろかなァ。

それからどうなったてかいね。今、お話し致します。しぶ茶一口飲む間、待っとくんなはれ。

へえなァ。達身寺に置いてもろてから、三年が過ぎた頃だしたかいなァ。真面目に仕事こなしよるのが、お先代様にわかってもらえたんやろ。仏像届けに、都へのお供をしたんだす。それからだした。足の速いのんを見込まれて、京や奈良への使いは、わしがする仕事になったんだす。

へえ、忘れもしまへん。春やいうてもまだ肌寒い日のことだした。お先代様のお言いつけで、京と奈良のあっちこっちのお寺はんにお仏像納めた帰りだした。道中、思いのほかはかどりましてなあ。からになった牛車引いて、木津川のほとりまで来た時だした。牛が水飲みたそうにするよって、河原へ下りたんだす。

見るともなしに川べりの葦の茂み見とったら、新しい、むしろかぶした小舟が一つ揺れとります。

不思議に思うて舟を引き寄せてみたら、なんと、中に若い美しいおなごが、高手小手《たかてこて》にしばられて、死んだようになっとります。

空ろ舟のことは耳にしたことはおましたが、まさかほんまもんに会うとは。びっくりしましたでェ。縄ほどいたらなあかん、思いましたんや。けど、よう考えてみたら、このおなご、どんなことをしでかしたかわかりまへんわなァ。うっかり情け心出して、あとで仇《あだ》されたらえらいことや。

こないだも、京の布施屋《ふせや》で聞いたうわさでは、美しい女に化けた鬼が旅のもん襲うたとか。

このおなごかって、ひょっとして魔性《ましょう》のもんかも知れんと、引き寄せた舟をそうっともとの葦の茂みの方へ押し戻して立ちのこうとしたんだす。その時だした。おなごがうっすら目をあけよりました。その目のきれいなこと、とても魔性のおなごとは思われまへん。

朝晩に手ェ合わせとる、ご先代の彫られた阿弥陀さんによう似た面立ちだした。これはほうっては置けんという気になりましたんや。

エエイッ、なんでもええわい思うて、しばってある縄、解いとるうちに正気になりよりましてなあ、

「どうかお助けくださいませ」

と、手ェ合わせよります。

阿弥陀如来（左頁とも）

81　山ざくらの花

冷とうなっとる体の、縄解いてやりますと、衿もとを直し、乱れた髪を直しよりました。そのおくれ毛引き上げる仕草に、わしは生瀬に行ったばばさんのこと、ふっと思い出しましたんや。化かされてもええ。食われてもかまへん。このおなご、どないしても助けなァあかん。そんな思いが起こったんだす。


仏像納めに来た帰りやと言うと、おなごも、

「仏さんのおかげ」

と、えろう喜んで、そばに転がっとる厨子仏さん拾うて拝みよりました。

奥丹波の寺のもんや言うたら、わしに連れて行ってほしい言いよります。

この娘一人の食いぶちくらいなら、お先代様がなんとかしておくれやろ、と思いましてなァ。せがまれるままに寺に連れて帰ることにしたんだす。

おなごを牛車に乗せて、いったん、京に戻って用をすませ、丹波口から老《おい》の坂《さか》を越えての長い長い旅。山越え谷渡りしよるうちに、おなごはぽつりぽつり都でのこと話しよります。それ聞きながら、着いたんは弥生もなかばの頃だした。

乙名が十八わしは二十三。三めぐり（三十六年）も昔の話だす。

「お前さまにこの里へ連れて来てもろた日のことが忘れられしまへんえ。春がすみのころでおましたわなあ。

お前さまが山門の前の山ざくらの木に牛をつなぎなさったら、山ざくらの花がはらはら散って来よりました。

お上人様がええ言うてくれなはったと言うて、お前さまが駆けもどって来てくれなさったあの時の嬉しかったこと。今思い出しても涙がこぼれますえ」

山ざくらが咲くころになると、あれはいつもその時のことを言いよりました。

それから二年。ええことは続くもんで、寺の嬢《とう》はんに婿養子が決まられたあと、わしらも乙名の気立てのよさを見込まれたお先代様の肝入りで、晴れて夫婦《みょうと》になりましたんや。

都ぶりのもの言いや居ずまい。なにをさせてもよう出来よりましたが、ことのほか上手やったのが食い物を作ることだした。

椿餅《つばいもち》をご存じでおますか、ご存じない。

へえ、あれはなあ、米の粉に甘葛《あまずら》をねり合わせたのを丸めて、椿の葉二枚にはさんで蒸して作る、そら品のよい、ほん、うまいもんだす。乙名はそれを、作るのが上手だした。これ方や粉と甘葛のあんばいは、お大黒様やお亡くなりになったお楓さまにも、お教えしよりました。


達身寺には年に五回お祭りがおます。

睦月《むつき》三日の毘沙門《びしゃもん》さん。弥生《やよい》五日の涅槃会《ねはんえ》。卯月《うづき》八日の花祭り。卯月二十日の大般《だいはん》若《にゃ》、それと、葉月《はづき》八日のお千日《せんにち》さまだす。

お祭りの日には、近在のお百姓さん方も野良《のら》仕事休んでお参りに見えますのや。ご本尊の阿弥陀様の前は、たくさんのお供えがおましてなあ。わしらもそのお下がりを戴きますのやが、その中に椿餅が、ここ二年ほど前から、いつも供えられるようになりましたんや。

「この口当たりといい、甘さといい、これはお大黒様とお楓さまにわてがお教えした風味。お前さまこれはひょっとしたら、どこぞにお楓さまが生きておいでになるのでは……」

乙名は自分の厨子仏さんに椿餅供えもって、そない言いよりました。

お楓さまが亡くなられてからもう三年。よもやとは思いますのやが、祭りのたびごとに椿餅が届きますとなあ、なんや、妙に気になるのだす。

そらァ、都のものがだんだんと田舎に届く世の中や、同じ椿餅があっても不思議はおませんけどなあ。

死ぬ前、あれが、

「お楓さまは、どっかに生きていなさるに違いない。お探ししてほしい」

と、言いたかったのとちがうかいなァ。

へえなァ。足の達者なうちに、お楓さまのこと、あっちこっちたずねてみよう思とります。あかんでもともとやもんなあ。

エエッ、あんさんも気にかけてくれはるてかいね。そらァありがたいことでおます。諸国を旅しておいでのあんさんや、お頼み申しまっせ。

生瀬へ行ったばばさんのことかいね。乙名もえろう気にしよりましてなァ。

お前さまを育てておくれたのはばばさま。このままでは罰があたります。御恩がえししようと言うので、生瀬へ訪ねて行きましたが、とうの昔に仏さんになっとりました。せめてお供養だけでもと乙名が言うんで、ずっとお供養だけはさせてもろとったんだす。

へえ、それが、乙名が死んでからは、供養もなんもかも忘れて嘆いてばかりおりましたやろ。見かねたお上人様が、

「お前《ま》はん、乙名はんとばばさんとの菩提とむろうて、仏像を一体彫ったらどないや。わしも手伝うてやるがな。寺男の仕事は若いのを一人入れる。お前《ま》はんは仏はん彫るほかは、道場の仕事だけぼつぼつ手伝うてくれたらええ」

「それがええ、そうさせてもらいなはれ」

お大黒様も言うておくれだした。

エエッ、わしが彫りかけとる聖観音《しょうかんのん》さんが見たいってかいね。あかんあかん。まだ粗《あら》彫りしたとこや。とても人さんにお見せできるようなものやおまへん。たまにほかの仏師さんがのぞきこんで、ええ味やとか、なんやら乙名はんに似とるとか、言うてくれたり、お上人様がなかなかすじがええと言うてくれなさると嬉しゅうてなあ。

聖観音さんは数ある菩薩さんの中でも、ことのほかやさしい仏さんやそうだすなあ。それを彫らしてもらえるやなんて、あんさん、こないなありがたいことおまへんでェ。ええ生きがいや。こんな嬉しいこと、ないわなあ。

へえ。乙名が祈っとった厨子仏さんかいね。そうだす。流されたときのだす。なんでも名のある仏師はんに乙名の母親が彫らしたもんやそうだっせ。一尺足らずの紫檀《したん》のくりぬきのお厨子の中に、五寸そこそこのお薬師さん入っておいでのものだした。

わしが見たら、なんのへんてつもない、薄汚れた仏さんのように見えるもんだしたけどなァ。

へえなァ、わしが朝晩鐘つき堂に出るのを合図に、乙名はお厨子仏さんにお経を上げ始めますのやが、その時、必ずというてええほどお楓さまが走り込んで来られてなァ。乙名のそばにちょこんと座って一緒に拝んでだすのや。三つか四つのころだしたで。

拝み終わると乙名はお厨子の中から薬師さんを取りだして、お楓さまのお顔に当ててなにやら祈りよりました。

それをお楓さまは、気に入られてなあ。もっともっとと、せがんでだすのや。

何でそのようなことをするのやと聞いたら、お楓さまのあばたのお肌がちょっとでも美《う》っつうならられるようお願いしたいからや言いよりました。

こんなこともおました。あれは暑い夏の夕方、わしが鐘つき終えて戻ってくると、西日の射す部屋の片隅で二人が肩寄せおうて、厨子仏はん拝む姿が見えますのや。

これがまあなんと、驚くほど二人がよう似とります。

あんなんを他人の空似《そらに》いうのかいなあ。ヘエ！　同じ仏さんを、二人が一心こめて拝んだら、そのようなことがたまたま起こることがあるってかいね。信心ちゅうもんはそんな摩訶不思議を起こすってかいね。

そない言うたら、わしもあかごがお腹の中にいるおなごはんが毎日観音さん拝んどったら、観音さんと瓜二つの子が生まれたいう話聞いたことがある。それと同じや言うてだすのか。そんなもんかいなァ。

へえ、そのお厨子仏さん、どうしたってかいね。乙名の墓に一緒に埋めてやろ思いよりましたんや。一人であの世に行くのは淋しいやろうと思うてなァ。それに、お譲りしたらよろこんでおくれのお楓さまもおいでやないしなァ思うてなァ。

そしたら、お上人様とお大黒様が、

「ばあさんの形見や。三造はん、大事にして拝んであげなはれ」

言われましたんや。今も朝に晩に手ェ合わせとりますのやで。

乙名を埋めたとこへ行きたいってかいね。お参りしてくれますのんか。寺を出て、ちょっと山の方へ登ってもらわなあかんのやが、かまいまへんか。

こっちだす。

もうすぐだっせ。石塊《いしくれ》の多い山道やよって、石車《いしぐるま》に乗らんよう、気ィつけておくなはれ。

ここでおます。見晴らし、ええてかいね。この里で乙名の一番好きなとこだした。ここからやと、達身寺の大屋根も、ずーっとそのさきの葛野谷《かどのだに》の村里も、よう見えますやろ。うどや、わらび、きのこもようとれるとこだすのや。

山菜とりに来るたびに、この岩のくぼに腰を下ろして、どっちが先に逝《い》くかわからんけど、死んだらここに埋めよやないかと、約束してお上人様のお許しも頂いとりましたんや。

あれの方が先に逝ってしまうやなんて、思うてみたこともなかったのになァ。

これだす。このこんまい赤い丹波石《たんばいし》の下に、乙名、眠っておりますのや。

山ざくらの三尺ほどの苗木、あっちこっちの山からいただいて来て、墓の周り囲むように植えたんだす。

あれはほんまに山ざくらの好きなおなごだした。

病が重うなって、頭もあがらんようになってからでも、春になったら山へ花見に連れて行ってくれ、言いよりました。きっと、初めてこの里に来た日のことを思うんだっしゃろなァ。

ここに山ざくら植えたい言いよったんも、乙名だっせ。

七、八本は植えたんやが、ついたのはこの五本だけだした。

細い丸太の支柱たてて、苗のぐるりに、杉皮まいて、風や虫から守ってやるんだす。

さくらは水の好きな樹ィやと聞いとりますよって、毎日の水やりだけは欠かしたことおまへん。今日もわしは朝からここへ来て水をやったよって、まだ葉先が濡れとりますやろ。

水やりしもって話しかけるわしの言葉わかるのんか、葉を揺すったりしずく落としたりして返事しよりまっせ。

乙名の好きやった山ざくら。花が咲くようになるのに、五年はかかりますやろ。

このあたり一面が、雪に紅溶かしたような色になるのは、十年はかかりますやろなァ。

あんさん、ふところから、竹笛なんか出して、どないしなはる。吹いてみるてかいね。

乙名から習うた笛、ずーっと稽古しとったってかいね。そらァ、あれがどないに喜ぶことか知れしまへん。

ああ、ほんまにええ音色や。空に昇ってゆくような澄んだ音や。あんさん、腕あげてだしたなあ。こんなことならわしも乙名から竹笛習うといたらよかったなあ。

へえっ！　あんさん、手ほどきしておくれってかいね。けど、このわしが覚えられるかいな。やればやれるって、かいねェ。そんなら教えておくなはるか。ありがたいことや、なあ、乙名。

山ざくらの樹ィもよかったよかったいうて、ほれ、あないに若い葉ァ揺らしよりますがな。

かたかごの花

へえ、わしが前に彫りかけとった聖観音《しょうかんのん》さん、見たいって言うておくれだすのか。あの聖観音さんがやっと出来あがったころだす。このわしに天と地がひっくり返るかと思うほどのことが起こりましたんや。

ちょっとやそっとでは言われしまへん。ぼつぼつにお話しさしてもらいまっさ。

へえェ、この四つ目垣の下の花、なにやってかいねェ。おお、これがあんさんが前から見たい言うてなはったかたかごの花だす。

おじぎでもするように、うつむいて咲くこの風情がなんもいえまへんやろう。それにこの紫と鴇色《ときいろ》をかけあわせたような色目。乙名の好きな花だした。

あんさんがこの前おいでたとき、参っておくれやった乙名の墓。あの山の裾にもかたかごのようけ咲くとこがおますのやで。

寺のもんも、里のもんも、だあれも知らしまへん。わしと乙名とだけの隠し場所にしとりますのや。

こんまいかたかごの玉を、土掘っては、あっちこっちに植えもって乙名は言いよりました。

「世の中、いつ、なにが起こるかわかりまへん。このかたかごがぎょうさんでよかったと、里のお人に喜んでもらえるよう、たんとふやしときまひょう。お楓さまもお好きだしたわなあ」

玉が育って、かたかご湯にして飲めるようになるまでに、七、八年かかるんだっせ。

へえなァ。そのお楓さまのことを、あんさんが知らせに来ておくれたんは乙名の死んだ年の夏だしたわなァ。

お上人様や大黒様にお知らせしようとしたら、あんさん、あわてて止めなはった。

「この目でお楓さまを見たわけやない。三年ほど前の大水に、川上から流れて来たおなごの子があったというわさを、播磨《はりま》の大部《おおべ》の庄《しょう》の人から聞いただけ」

と、言うてだしたやろ。

そうや、ええかげんなこと言うて、お二人にぬか喜びおさせしたらあかんと、石弁はんだけにそっと話しましたんや。

あの時の石弁はんの驚きよう、喜びよう。すぐにも寺飛び出して、探しに行きそうな様子だしたでェ。

けども、葉月のお千日様の祭り。寺には用が山ほどおましてなあ。祭りがすんだらお暇もろて、二人で大部の庄へたしかめに行こうと決めましたんや。

お千日には近在のお人だけやおまへん、遠くからも、信心深いお方が大勢お参りにおいでだす。へえ、あんさんもようご存じで。

寺の山門の前に小さい市もたちます。飴に団子にわらじやむしろ、豆や、瓜も売られよります。

暑い日だした。昼前だしたやろか。使いからもんで来たら、年のころなら十ほどのわっぱが、団子屋の親父に蹴《け》られたり、どつかれたりしよります。なんでも商《あきな》いもん盗みやがって」

「この、ど盗っ人。おのれの笈《おい》の中にうまそうな餅持っとるくせして、人の売りもんの団子を盗んだんやそうだすのや。

口汚くどなる親父の、あごでしゃくる方を見たときのわしの驚き。

へえェ。椿餅《つばいもち》だした。あの乙名の得意な、お楓さまにも教えよった椿餅だすがな。

ひょっとすると……。

道にころがった椿餅を、わっぱは泣きもって砂払うては笈の中へ入れよりました。

「これをお千日様に、早うお千日様に」

供えるのかと聞くと、うなずきよりました。

文句言い続けとる親父にわびを言わして、団子代払うてやる間も、わしはこのわっぱからなんぞお楓さまのことが聞けるのやないかと、胸がどうき打ちよりました。

わっぱは院主様というお方の言いつけで、暗いうちからここに椿餅をお供えしに来たいうこと。来る道で犬に追われ、持っとった弁当も銭も落としてしまい、腹が減ってたまらず、かというて、笈の中のお供えの餅は食べられずでなあ。悪いとわかっとったけど、店の団子に手をかけてしもたんやと、泣き泣き言いよりました。

石弁はんは、椿餅ことづけた方はと、問うてだした。

播磨の大部の庄の施療院の院主様や言いよります。石弁はんとわしは思わず顔を見合わせました。

「院主様って、幾つぐらいのお人や」

「ようわからんけど、五十か六十ちがうか」

「年のころなら十と四、五の若い娘はんのことは知らんか」

「知りまへん」

「今から三年ほども前、川上からおなごの子が流れてきたちゅう話、聞いたことないか」

次々尋ねるわしらに、わっぱは首を横に振ってばかりだした。

なんでも施療院に来てまだ半月やとか。ここに使いに来たのも、今日が初めてや言いよりました。

ふり出しに戻ったような気がして、がっくりしたもんでおます。

へえ、そんでも石弁はんはわっぱに大部の庄への道を、くわしいに聞きよってだした。

わらじと、握り飯、黒田庄《くろだしょう》からの川船《かわぶね》の船賃を持たしてやると、わっぱは涙ぐんで何度も礼言うて帰っていきよりました。

わしらが大部の庄に行ったんは、葉月も末の蒸し暑い日のことだした。

施療院は山を切り開いた粗末な小屋で、病人がぎょうさん来とりました。草抜きしとる人に声かけたら、あのときのわっぱ。

ぺこんと頭を下げると、どこへやらすっとんで行きよりました。

やがてのことに、通されたんは施療院の奥の間だした。

「えらい、久《ひ》いさんにお待たせいたしまして」

年のころなら六十五、六。品のよい尼姿のおばばさまがこの施療院の院主様だした。

わっぱのことのお礼を言い、わしらの来たわけを尋ねてだした。

お楓さまのことを、石弁はんが話されると、何べんもうなずかれてなあ。

「遠いところからお越しやのに、お気の毒な」

と、言われてどきんとしましたで。

「お楓さまはお元気にしておいでです。けど、ただ今は大和《やまと》の室生寺《むろうじ》に行かれてお留守。あと一月もしたら、お帰りなさいますよ」

と聞かされた時の嬉しさ。

へえ、お楓さまが、なんでその施療院においでかいうことだすやろ。

あんさん。物忘れの病というのをご存じだっか。年がいってぼけるんと違いまっせ。

わしもこの年になって初めて聞いたんやけど、頭をひどうぶつけたり、ひどうつらい目におうたりすると、ふうっと昔のこと忘れてしまう病があるそうだすなァ。

お楓さまがそれで、さまざまを思い出すのに、二年半ほどかかられたそうだっせ。


「いとしいと慕うていた唐の国の仏師の白鳳さんが、わたしの知らぬ間に急な帰国をされた後、悲しゅうて悲しゅうて、ふた親に言い聞かされ、一時《いっとき》気はしずまったものの、どうにも一目会いたい、会うて別れが言いたいと、どしゃぶりの雨の中を出ていきました。名を呼び、こけつ転《まろ》びつしながら稲畑の地蔵さんのところまで来た時は、もう昼過ぎ。追うても無理やとさとりました。

ふと足許見たら、白鳳さんとの思い出のせんぶりがたんと咲いとります。お腹を病まれた時お飲みになったんやと、花つんで、お地蔵さんに供え、道中のご無事をお祈りしました。

寺へ戻ろうと立ち上がった時、崖ぶちに白いせんぶりが咲いとるのが見えました。白が一番よう効くと、乙名ばっちゃに聞いているのに、清住のあたりにはついぞ見かけたことがない。黙って出て来たおわびに持って帰ろうと、身を乗り出した時、大雨でゆるんだ路肩がくずれて、流れの中へ。あとは覚えがありません」

覚えの戻られたお楓さまはこないに話されたそうだっせ。

院主様はひと膝乗り出して話を続けてだした。

「流れていた女の子を、施療院に運んで来たのは、野村滝《のむらだき》の鞍掛け岩《くらかいわ》あたりに住む船頭衆でした。前日からの大雨はそれは大変なもので、川を流れていたお子は、大きなヤシャブシの根こぎの幹に帯やらおべべの袖がからまって、樹の上に乗るようなふうに流れておいでやったといいます。

まだ息があると担《かつ》いで来たものが言いよりましたが、もう虫の息でした。もうあかんか知れんと、それはもうお案じ致しました。

夜中にふと気がつかれたご様子に、お飲ませしましたのはかたかごの重湯《おもゆ》でした。ひと匙、ふた匙と、飲まれましてねえ。その時、ああ、このお子はきっと助かりなさると思いました。そのあと、すぐまた眠られて、次の日のお昼まで眠りつづけておいでてでした。命みょうがなお子と思いましたよ。並みのお方なら、そこで一生を終えられるでしょう。けど、この娘ごには、神仏のお加護がおありのようでした。

お目が覚めて、いろいろとお聞きしましたが、名も在所も、親の名もわからんとお言いです。覚えがないの一点張り。困り果てました。

十日もして元気になられた娘ごは、私の施療を手伝うて下さるようになりました。人手のたりぬ施療院、まめに体を動かされて、ほどこし米くばったり病人の足腰もんだりなさいます。施療院になくてはならぬお人になられましてねえ。

わたしは名前を忘れた娘ごに、流女《るめ》という仮の名をお付けしました。ふう変わりな名にしておけば、うわさが流れ、万に一つ、親ごさんに届くのではと考えましてねえ。

『施療院に若うてええ薬師《くすし》はんが来たんやて。流女さんいうのやて』

と、ほん近くの在所にだけ、うわさは伝わったようでございます。

なんせ、ご当人が名も在所もわからぬとお言いで、お探しする手立てもございませんでした」

石弁はんはひとひざ乗り出して、お尋ねになりよりました。

「なんでお楓さまは室生寺へおいでになっとるのや」

と、そらもう、えらい勢いで言うてだした。

院主様のお返事は、むつかしいことやら、驚くようなことが山ほどおました。

「流女さんが施療院に来られたおとどしの冬、京に住む弟が訪ねて参りました。

まずは、弟のことからお話し申します。

三十年も昔、弟は平城京の藤原さまというお屋敷に仕《つか》える伶人でした。それがある時、業《ごう》の煮えるようなことが起こり、お屋敷を飛び出しよったそうでおます」

わしは思わず大声を出しとりました。

「もしや、そのお方、佑友《すけとも》さんとは言われまへんか」

「まあ！　あんさんは佑友をご存じですか」

「じいさん、お話の腰を折っては失礼やで。院主様、どうぞお続けください」

そう言われて、しょうことなしにわしはだまりましたんやが、びっくりしたのなんの。不思議や。これはきっと、死んだ乙名の引き合わせに違いないと思いよりました。

「佑友はお屋敷を飛び出すと、京の勝尾《かつお》神社へ陰陽師《おんみょうじ》の修行に入りました。勝尾の神さんはたたりの強い荒神《あらがみ》さんやそうで、修行のきびしさでも有名なところです。飲まず、食わず、眠らず、などの荒行《あらぎょう》に耐え、観相《かんそう》は申すまでもなく、占術《せんじゅつ》、加持《かじ》、祈祷《きとう》の力をつけるのに、十年の余はかかりよりました。

その後、都で有名な観相家《かんそうか》の壬生《みぶ》の貞観《じょうかん》様に弟子入りし、今では貞観様からお名を一字戴き、清観《せいかん》と呼ばれております。

都の高貴なお方の家々に行《ぎょう》を修《しゅう》しに行くまでになりましてね。頭痛持ちでお困りであった左大臣の姫様を加持祈祷でお治ししてから、清観の名は高まるばかり。

二人きりの姉弟やのに、会うこともままなりません。

私も寄る年波《としなみ》、せめて年に一度は会いたいという願いを聞きいれて、ときどき佑友がこの大部の庄に来てくれます。

佑友はおぶうを運んで来られた流女さんを一目見るなり、

『乙名どの。いやそんなはずはない。乙名どのが生きておれば、もう五十の坂は越えているはず』

と、驚きとも、つぶやきともつかん声を出しよりました。

乙名いう娘ごのことは、昔、佑友から聞いたことがありました。なんでも、お仕えしていた奥方様が佑友との仲を疑われ、乙名さんを空《うつ》ろ舟《ぶね》の刑にされたとか」

へえなァ、わしはまた、乙名のこと言いそうになりました。

院主様は話を続けてだした。

「佑友は宮仕えに嫌気がさしたと言うとりましたが、まことは乙名さんの行方を占いたいと思い、陰陽師になったかと思いよります。

流女さんを見るなり佑友は、

『この娘ごを見ていると、乙名どのとめぐり会うたような気がする。それに娘ごには仏様のご光背《こうはい》のようなものが見える。姉様この娘ごはどういうお方や』

と聞きました。

かくかくしかじかと話しますと、娘ごのお忘れの過去を占いたいと、革袋《かわぶくろ》から筮竹《ぜいちく》や幣《へい》などを取り出しよりました。

あれの占いでは、流女さんはここから北の方の山里、仏にゆかりのあるところの娘ごやろうと申しました。ああ、やはりさようで、ござりましたか。

弟は、この娘ごは『天上火《てんじょうか》』という、女には珍しいほどの強運の持ち主。その強運がかえって災いして、この度のような難に遭われた。乙名殿にあまりによう似たこの娘ごの物忘れの病を、わしはなんとか治してあげたい。そのためにはせわしないこの施療院の暮らしから離れ、静かに室生寺にお籠《こ》もりをされるのがよろしかろうと申しましてねェ。

施療院から流女さんをとられるのは、片腕をもがれるようなもの。つらいことではございましたが、辛抱いたしました」

「物忘れの病がいえたお楓さまが戻られたのは、三年目の年の冬でございました。寺でのお暮らしが、よかったのでございましょう。

大和の室生寺の門前に、宇多川《うだがわ》という清らかな流れがあり、朱塗りの丸い橋がかかっております。

おとどしの神無月《かんなづき》の初めに大雨が降り、その朱塗りの橋が流れそうになりましたとか。おおぜいの尼僧様方と濁流を見ておられた流女さんが、急に頭をかかえて座りこまれ、それをきっしょに覚えが戻られたそうでございます。

佑友は覚えの戻られたたお楓さまのご運を改めて判じました。

『雷沢帰妹《らいたくきまい》』と『地火明夷《ちかめいい》』という卦《け》が出たそうです。

今動くと、すべてが傷つき破れるという卦の上、お楓さまは丙午《ひのえうま》の生まれ。

そこへもってきて、今年は大歳神《おおとしがみ》さまが北の方位に回座《かいざ》しておられる三年ふさがりとかで。

むつかしいことは、私にもようはわかりませんが、今急いで北の方位に戻られると、病、死、天災の大難に遭《あ》うという易《えき》が出ましたそうです。

佑友は、お楓さまに、

『ここ三年間、お辛いやろうが、この里でお過ごしなされ。ただ、年に一度、葉月には歳神様が東の方位をあけなさるから、この時は必ず室生寺に籠もられて、お身様が生まれつきお持ちの悪運を払われるように』

と申し上げたそうでございます。

お楓さまは佑友の言葉に素直に従われて、今は室生寺に行っておいでです」

折角のお越しやのに、ほんにお気の毒な。けど、お楓さまはしごくお元気。皆様に逢いたい、戻りたい気持ちに耐え、精進しておいでです。そのお気持ちをお察しなされて、あと二年のご辛抱をなあ、と院主様は言うてだした。

お楓さまは、こまいころから、乙名に陰陽道や占いのことを、聞くのがほんお好き。清観様のお話も、乾いた畑が水を吸うように、素直に聞かれたと思いまっせ。

達身寺の祭りのたんびに、手作りの椿餅《つばいもち》届けなはったんは、無事でいることを障りのないよう、それとのう親御さんに知らせたかったのに違いおまへん。

それを、お楓さまの手作りやと、乙名は見極めとりましたんやなあ。

わしが乙名の連れ合いや言うたら、因縁の深さを院主様もえろう驚いてだした。

お楓さまのことを、かたがた院主様にお願いして施療院をあとにしました。

夏の日盛りを、お楓さま逢いたさに来たのにと、なんぼ口惜しかったか知れまへん。

石弁はんも、行きと違うて黙り込んで、口もろくにきかれしまへん。

大部の庄を過ぎたころから、急に雲行きがあやしゅうなって強い雨風になりましたんや。このあたりは弁当忘れても傘忘れるな、いうほど天気の変わりやすいところ。道端の古いお堂で雨宿りしましたんやが、夜になっても雨風は収まりまへん。積んである藁の上に横になりました。

ふと目ェ覚ましたら、石弁はんの姿が見えしまへん。雨も風も止んで、月の光が堂の中に射し込んどりました。

石弁はんは壊れかけた窓から月を見とってだした。光るもんが石弁はんの頬を伝いよります。男が、まして出家までしておいでの人がとぃぶかりましたが、思いあたりましたんや。

石弁はん、お楓さまのことがお好きだしたんや。今も好いとんなさるに違いない。お楓さまが好きなのは、唐の国の仏師の白鳳さんと知っておいでのはずやけどなあ。東大寺の修行中も、石弁はんはお楓さまのことをいとしんでおいでたんやろかなァ。お楓さまが亡くなられたと聞いた時の、あの嘆きよう。生きておいでかもしれんと知った時の、あの喜びよう。

折角たずねて来ときながら、逢えずに帰る石弁はんの気持ち思うと、声を掛けるのもためらわれ、わしは息殺しとりました。

気配がわかりましたんやろか。

「三造じいさん、目ェ覚めたんか。わし、これから室生寺へ行って来る」

「むちゃはやめときなはれ」

「いや。お楓さまのご無事をこの目で確かめんと気がすまん。たのむ。お上人様にお伝えしておいてほしい」

「もしも、お楓さまや皆様に障《さわ》りでもあったらどないするおつもりや。それにもうすぐお彼岸。石弁はんがおいでのうて、だれがお上人様を助けてとりしきりますのや」

「そやったなァ」

声が淋しげだした。

石弁はんはわしに言うてだした。

「それにしても、今日の院主様のお話、わしは乙名ばあさんとお楓さまが似てなさると思うたこともなかったが、他人様の目にはわかるんやろうか。三造はんお前《ま》ん、さぞつらかったやろ」

なんのことやと、わしが問い返した時の石弁はんのあわてよう。しもた。えらいことと言うてしもたという顔だした。

「知らんのやったら、もうええ。今聞いたこと、忘れてくれ」

「言い出しといて、もうええとはなんや。何のことやようわからんが、聞かんことにはわしの気が収まらん。何聞いてもおどろかへん。言うてほしい」

わしは石弁はんの胸ぐらつかんで言いました。

ほんま言うと、院主様の話聞いたときから、なんや胸の奥につかえとるもんがおましたんや。

そら、乙名とお楓さまは、わしの目から見ても似たとこがあると思うたこともある。けど、それは、二人が同じお厨子仏さんを拝んだりしよると似てくることもあるいうて、あんさんに教えられとりましたもんなァ。そうだしたやろ。

わしの見幕に気おされたんやろか。

石弁はんは、つっかえつっかえ、ほらもう、腰の抜けそうな、ど肝のつぶれそうなことを話し始めてだした。

へえなァ、お楓さまは先代のお上人様とわしのお嬶の乙名との間の子や言うんだす。

「嘘や。嘘に決まっとる。てんごう言うたら、なんぼ石弁はんでも許さへん」

体中がかあっと熱うなり、手がふるえるのがようわかりました。

「一体、おのれ、だれからそのようなことを」

顔色も変わっとりましたやろ。

石弁はんを育てたばっちゃは、へその婆しとりましたわなァ。

そのばっちゃの遠縁のもんから聞いたというのだす。

そのころのわしいうたら、仏師さんの彫られた仏像を笈《おい》に背負うたり牛車に載せたりして、京へ大和《やまと》へ難波《なにわ》へと旅に出るのが常。旅から戻って三日もせんうちに、ほれまた京じゃ紫香楽《しがらき》じゃと、追いたてられるように次の旅に出る始末。

時には京の布施屋《ふせや》に文が来とって、帰りに紀伊《きい》まで回ってほしいと言われたりしてなあ。半年の余もかかって寺へ戻ったこともおました。

その留守中に、先代のお上人様が丹後の国へ行かれることになり、わしのかわりのお供に小坊主さんと乙名がまいったんやそうだす。道中、乙名のやさしさにふっと迷われたんやろか、先代のお上人様はなあ……。

乙名のお腹にややこ。へえなァ、お楓さまがなァ……。


へえなァ。旅から寺に戻ったら、乙名の姿があらしまへん。聞いたら、お大黒様にややが生まれなはるさかい、付き添いに柿柴《かきしば》へ行っとるということだした。

乙名はお上人様ご夫婦にややができなさるたびに、産屋の世話にあがりよりましたが、柿柴までお供するようなことはおまへんだした。なんでも、この度《たび》十年ぶりの大黒様のおめでたやで、大事とって乙名はんにも行ってもろとるんやとお上人様が言うてだした。

ちょうどそのころ、京の丹波口から老の坂までの道普請があり、大勢の役夫《えきふ》集めがおました。この里からも何人か出さんならんのに行くものがおらん、すまぬが乙名がお産の世話に行っとる間、行ってもらえぬか、ほん、半年がほどや、と言われましてなあ。工事が思うたより延びて、寺に戻ったんは一年ぶり。

お大黒様は可愛いおなごのややこ抱いて、にこにこしておいでだした。

女のお子は初めてのお二人にお祝い言いもって、なんでわしらにややこが出けんのかいなァと思うたもんだっせ。


今になって思うてみたら、あれもこれも合点がいくことばかりや。

口さがない村のもんのうわさを恐れ、達身寺のお先代様の名を汚すことのないよう、お大黒様と乙名を人目の少ない里に住まわせ、ややこの乳離れが終わるまでそこに居れば、他人様で知るもんはへその婆だけだすわなあ。

知恵をしぼってのこしらえごとやったんだす。知らぬが仏とはこのわしのことだした。そうだす。乙名のおなかが目立ち始めたころから、お楓さまの乳離れが終わるまで、わしは旅や苦役に出とりましたのや。

へえ。石弁はんから話聞いたときは、そらもう、業《ごう》が煮えて、石弁さんの首っ玉つかまえて、

「嘘やろ、嘘や言うてくれ」

と大声でわめきながら、頭突《ずつ》きかましたそうでおます。よう覚えとらしまへん。頭がガンガン鳴り、手も足もわなわなふるえよりました。

それからの道中、わしは石弁はんと一切口ききまへなんだ。

寺に戻ったら、わしは一番に聖観音さんを叩き割ろうと、道場に駆け込みました。持っとった鉈《なた》を力いっぱい振り下ろすと、ねらいがはずれて、お腕だけがことんと前に転がり落ちよりました。

「なにするのや」

「もったいない、ばちあたりな」

「どないした。気でも狂たんか」

大勢の仏師はんに羽交い締めにされて、わしは大声で泣きわめいとりました。こなごなになるまで壊さんと気が収まらんのに、鉈は仏師はんの手に取り上げられ、体のふるえが止まりよらしまへん。

頭は割れそうになるわ、涙があとからあとからこぼれ落ちるわ。

皆によって、こって、無理やり寝かされました。頭を冷やしてくれる仏師はんもおりました。

「これを一杯ひっかけて寝てしまえ」

濁り酒持ってきてくれたもんがおりました。

一晩の眠りがこないにまで人の怒りを静める力おますのやろか。それともわしが気ィよしやからやろか。

目ェ覚めると、ちょこっと気ィも静まっとりました。

本堂に来るよう呼ばれたときは、ええ、ままよ。暇だされようがどうしょうが知ったことやない。悪いのは先代のお上人様や。それにもまして、長い間わしをだまし続けて来たお上人様もお大黒様も許せん。

長い回廊をどんどん踏みならして歩いたもんだす。

本堂の奥には、お上人様が彫られたあの赤杉の地蔵様が、やさしいお目でわしを見ておいでだした。

「石弁から聞きました。三造はん、お前《ま》んにも、死んだ乙名はんにも、すまんことしてしもて、このとおりや」

お二人は、わしの前に、両手ついて深いおじぎをされたんだす。

暇だされるのに決まっとる思うて、うらみつらみいっぱい言うたろ思とっただけに、振り上げたげんこを振り下ろすとこがどこにもない気分だした。

へえなァ、いまはお上人様もお大黒様もうらんだりはしとらしまへん。いくら親御さんの不始末とは言え、乙名にことをわけて話をし、自分ら夫婦の子として育てさせてほしいとどんな思いで頼まれましたんやろ。

乙名も乙名で、しがないわしら夫婦の子で育つよりも、お上人様の娘として育てられる方が幸せと、胸ひとつに納めて、わしにも知らせず、秘密を守り、けじめつけて生きよりましたんやろ。思えばあわれなことでおました。

命の灯の消えそうになったとき、乙名が聞いてもらいたいことがあると、苦しい息の下で言おうとしたのは、きっとこのことだしたのやろ。それをこのわしが聞きともないとはねつけたばっかりに……。

この腕の中で、死の間際の乙名が最後の力をしぼるようにわしにむかって手ェ合わせたんは、かくし続けたことをわびたかったんやと思いまっせ。

お先代様ももうこの世のお人ではなし。

へえなァ、お楓さまが生まれるとすぐ命をゆずるようにして亡くなられたんだす。旅の道中のわしは知るよしもおまへなんだ。

わしがこうして今まで生きてこられたのも、まあ、言うてみたらお先代様あってのこと、うらむのは筋ちがいだすわなァ。

死んだばあさんも「人を呪わば穴二つ」と、よう言いよりました。

老い先も知れた身、誰も憎まずうらまずに生きとうおます。

へえなァ、今に思えば、お楓さまがこんまいときから、

「おとなばっちゃとおるのが、いっちすきや」

と言われたんも、血の濃さからの言葉やったんに違いおまへん。

お大黒様も、あの時分はいつもご病気がちやったけどなァ。

へえ、あれはお楓さまが三つ、重い疱瘡《ほうそう》にかかられた折、乙名は自分の体をぼろぼ

ろにしてしまうのではと思うほどの看取《みと》りをしよりました。

疱瘡の神さん赤いもんがお嫌いや言うて、夜通しかけて赤いべべ縫うたり、水ごりとったり。遠いとこまで疱瘡に効くお札受けに行ったり、夜も日もないありさまだした。

お楓さまの、疱瘡が重うなられて、今日明日が知れんありさまになられ、一滴の水も、重湯の一口もあがらんようになった時、乙名がかたかごの根掘りに行きたい言い出しよりましたんや。

「お楓さまはあかごの折からかたかごの湯がお好きやった。あれなら、一口でもすすってくださるに違いない、掘りに行かせて……」

言いよります。

へえなァ。あの折のことはいまでもありありと覚えとります。

あれは、二月も末のことだした。朝からきつい冷えこみで、日暮れからは吹雪になりました。積もるぞと、思うたとおり、目ェ覚めると野も山も白一色。雪は止まずに降り続いとりました。

三尺近うも積んどる雪。そんでも山へ行きたいいう乙名を連れて、かんじきをはき、蓑《みの》を被り、雪の中をかたかごのある山裾へ行ったんだす。

わしが鍬《くわ》の柄《え》を雪に突きたてて、道をさぐりさぐり行くあとを、乙名はよろけもってついて来よりました。雪のない時なら、行き帰りで小半刻《こはんとき》もかからんのに、行きだけで一刻《いっとき》はかかりよりました。

このあたりやろうと、見当つけて掘るのやが、雪が深うて見つからしまへん。

「あの松のあたりに、かたかごの玉を植えた覚えがおますえ」

乙名の言うあたりを掘ってみたら、おましたおました。小指の先ほどのちいさい玉だした。

「あんさん、見とくんなはれ」

雪の中から掘りだした、かたかごの根には、もう春の芽立ちのふくらみがおました。

「この勢いのあるかたかごを一口でも飲んでおくれやったら、きっとお楓さまはお助かりになるに違いない」

と、雪の中を両の手でさぐりもって、乙名は言いよりました。

ずっと一緒に掘ってやりたかったが、仏師はんの飯《まま》の支度もある。気のせくわしは乙名を谷に残して、寺に戻りましたんや。

あとから一人で戻って来た乙名を見てびっくりしたのなんの。この深い雪の中、どうやってこないぎょうさんのかたかご掘ったもんやろかと思うほどの嵩《かさ》だした。

あかぎれからはぎょうさん血ィが流れとりました。

こないにたんとどうするんやと聞くと、お楓さまだけやない、この里には、今、疱瘡を病んでおいでの子がようけおいでや。その子らの親ごさんも、さぞやつらい思いしておいでやろ。親の心はみな同じ、分けてあげたいのや、言いよりました。

そのときわしは、妙なことを言うなあと、ちょっと気にはなりましたが、そこがまた乙名のやさしゅうてええとこやと思うてなあ。

「こんな折があるかもしれんから、このかたかごのある場所は内緒にと、お前さまにお頼みしたのだすえ」

と、言いよりました。

掘ったかたかごは皮をとり、石臼《いしうす》で搗《つ》き砕いて、水入れて布でこしますのや。

へえ、手間暇《てまひま》のかかるもんだっせ。

お楓さまが木匙《きさじ》にひとさじ、ふたさじとかたかご湯を飲んでおくれやったと言うた時の、乙名の嬉しそうな顔。

疱瘡を病んどる子の家々に、雪の中をかたかごを配って歩きよった姿が今も目に浮かびます。

施療院の院主様が飲ましてくれなはったんも、かたかご湯だしたもんなあ。

お楓さまにはかたかごが一番体によう合うのかも知れまへん。

わしが叩き割ろうとしたあの聖観音さんはどうなったんやってかいね。不思議なことにあの時お腕が落ちただけでほかはなんとものうてなあ。

「じいさんのいたみのわかる、ええ仏さんや。このままでええ。大事にせななァ」

お上人様がそないに言うておくれだした。

へえなァ。石弁はんもまた仏像造りの修行を始めてだした。白鳳さんに勝るとも劣らぬ仏師になろうとのお覚悟だすのやろ。えらい修行ぶりだす。白鳳に劣らん腕やとお上人様もほめてだす。

わしの聖観音さん見たいてかいね。わしの口から言うのもなんやけどちょっとしたもんだっせ。

へえへ、あとで見ていただきます。

聖観音菩薩立像

かたかごの咲く谷へも行きたいってかいね。あかんあかん、あそこばかりはわしと乙名の秘め場所や。なんぼあんさんでもなあ。

口堅《かた》いてかいな。

誰にも言わんてかいね。

かたかごのたんと咲くとこ見たいてかいな。

まあ、ほかならんあんさんのことや、花にはまだ早いが蕾《つぼみ》はあるかも知れん。明日、お連れしまひょ。

ええやろ、乙名。

このお方だけは別格や。わしにお楓さまの居所、教えてくれたお人やもんなァ。

そや。竹笛もだしたわなあ。あんまり上手にはなっとらへんけどなァ。


これだす。わしの彫った聖観音さん。

自分の口で言うのもおかしいか知れんけど、ええお顔だっしゃろ。

「口のあたりや頬のあたりが乙名はんに似とる」

と、仏師はんも言うておくれだす。そういえば、お楓さまにもどこやら似とりますわなあ。

このお顔のとこばかりは、お上人様にもお頭はんにもだぁれにも手伝うてもろとらしまへん。一人で彫ったとこだっせ。

こぶしの花

あんさん、ようお越しで。

へえなァ、見事な花だすやろ。これだけの樹ィはこの近在探しても見つかりまへん。達身寺の匂いこぶし、言われとります。ええ匂いだすやろォ。このあたりの名物の樹ィだっせ。

里の百姓はんらは、この白い花が咲いたら苗代《なわしろ》の支度にかかってだす。田うちざくらとも言いまっせ。

へえェ！　山アララギ言うお方が多いってかいね。

この樹ィは、先代のお上人様が但馬《たじま》へ行かれた時、遠坂峠《とおざかとうげ》で見つけられて、仏師はんらが五、六人がかりで抜いて来て、ここに移し植えましたんや。植えてからでも四十年近うもたつ樹ィだっせ。

ほうき立ちの樹ィやから、根ェも真っすぐなゴボウ根。

樹ィの丈の倍の穴掘れ、言われてましてなあ。二間近うは掘りました。

「深植えはならんぞ。根を傷めるなよ。もう少し幹を左に振れ、いやいき過ぎじゃ」

と、そばにつききりのお先代様だした。

植え替えたのが五月のなかば。時期が悪かったんか、厭地《いやち》したんか、せっかく植えたのに枯れかかってなァ。わしも乙名も気ィもんで、谷の水運んで来ては水かけたり、添え木したり。そらァ、よう面倒みたもんだす。それがこないな見事な樹ィに育つやなんてなァ。

あんさん、長旅でお疲れだすやろ。庫裏《くり》の方で、休んどくんなはれ。


へえェ、わしの話、早う聞きたいてかいね。

この前、どこまでお話ししましたかいなァ。

そやそや、お楓さまが大部《おおべ》の庄においでと知れたが、厄落としの行と三年の八方ふさがりの難除けに、大部の庄の施療院でずっとお過ごし、ということまでだしたわなァ。

へえなァ、今は無事に寺に戻られて、この葛野谷《かどのだに》で薬草園開いて、病人に施療しておいでだす。あの時のわっぱ、椿餅運んできよったあの子、松王丸《まつおうまる》言いまんねんけどなァ、あの子も一緒だす。

お医師《いし》も薬師《くすし》もおらんこの近在のもんが、お楓さまのことをどれほどありがたがっとるか知れしまへん。

それに、ときどきは仏師はんやわしらにもうまいもん作っておくれだすのや。

へえへえ、乙名ゆずりの、あのうまい椿餅もだっせ。

お楓さまに一目会いたいてかいね。そない言うたら、あんさんはまだいっぺんも会うとってないんやなァ。

お気の毒やけどお留守だす。夜さりには帰っておいでや。あんさん、ゆっくりできますのか。へえ。こちらでしばらくはお泊まりでっか。そらよかった。ゆるりとお話ししなさったらええ。

石弁はんにも会いたいってかいね。それも夜さりまで待ってもらわなあきまへん。

奈良の東大寺から、五年ぶりに帰って来てだすのや。わしも会いとうおます。

お上人様のことはご承知だすわなあ。さよか、もうお参りもおすみだしたか。

ほんま、人の命ほどわからんものおまへんなァ。淋しいことでおます。

へえなァ、お上人様が亡くなられたのは、そうや、お楓さまが寺に戻られて三年目のことだした。

あの陰陽師《おんみょうじ》の三条の祐友《すけとも》さん、へえ、清観《せいかん》様の言われたことがつぎつぎ起きよりましてなァ。

さきおとどしの丹波一円の日照り、おとどしの大雨、去年は上人様がなァ。

三年塞がりの卦《け》の間にお楓さまが寺に戻られたりしたら、必ず異変が起こると言われた、あの占いが当たりよりましたんや。

あんさん。まわりくどい年寄りの話やが、ええんかいなァ。

わしと石弁はんは大部の庄から帰ってから、前みたいに仲がしっくりいかんようになったんだす。

お上人様にもそれがわかりましたんやろか。京に二人で使いに行くよう、言うてだした。

わしも六十の坂を越えた身ィ、この先なんべん都へ上れるやら知れしまへん。達者なうちに石弁はんには京への間道《かんどう》、なじみの布施屋《ふせや》、行く先々の寺の内証《ないしょう》も覚えとってもらいたいと、かねてから思いよりましたんや。

へえ、うらみつらみはさて置き、最後のおつとめやとお引き受けしたんだす。

そらなァ、お先代様と乙名のことは、無理にわしが石弁はんから聞きだしたことや。けんど、石弁はんさえ胸に納め、黙っておいておくれとったら、こないに苦しまんでもよかったのにと、ずいぶんうらみに思たもんだっせ。

顔見るんも声聞くんもいやな石弁はんと長い旅するんかと、思うただけでもため息が出よりました。

けんど、お上人様のお言いつけだすわなァ。

京への出入り口は七つおます。わしはつねに、老の坂越えて丹波口から京に入ることにしとりますのや。

ご仏像を笈《おい》に入れて坂越えの道は、もうわしの足にはつろうおました。石弁はんは荷を全部持ってくれた上、急な坂では手を引き背中を押し、そらもうようしてくれてだした。もしわしに息子がおっても、とてもやないがこないにまでしてくれたかどうか。

わだかまっとった心が春の雪みたいに旅の間に消えて行きよりました。

京に入った時のわしはもう半病人、とてもやないが石弁はんを案内するどころやおまへん。どないぞせなと思ても、体が言うこと聞いてくれしまへんのや。

「一人でも大丈夫や。お前《ま》んから教えてもろた道通って、東寺《とうじ》へ行ってくる。わしのことより、お前ん、今日はゆっくり寝とかなあかんで」

言われるまま、わしは日暮れまで布施屋で寝とりました。

戻って来た石弁はんはわしの枕元に座り込むなり、熱にでも浮かされたかのように、東寺で見てきた兜跋毘沙門天さんのことを話してだした。

「お身の丈なら六尺あまり、左の手には宝塔を持たれ、右の手には長い宝棒を持たれてなあ。すっくと立たれたお腰には剣を帯びておいでやった。うちの寺の、白鳳さんの彫られた毘沙門さんも立派やけど、また違う味や。ありがたさや……」

なによりも石弁はんを驚かしたのは、東寺の毘沙門天さんのお目やそうで、

「あの目が忘れられんのや。

きっと、黒い玉石がはめ込んであるんに違いないと、お仏像の後ろに廻らせてもろたんや。

なんと、じいさん。その毘沙門さんは、首すじから背中にかけて内側がくりぬいてあった。お目の黒い玉石は、はめ込みや。

あのめずらしい手法は、近ごろ、奈良の東大寺の工房で工夫されているそうや。あれを覚えたら、仏様を彫るときの干割《ひわ》れを防ぐこともできるかもしれん。是非にも行って学んできたい。

東大寺は、小坊主のころ、僧になる修行、させてもろたところ。お上人様からの添え文頂けたら、きっとお許しも出るに違いない。

お楓さまもあと二年は達身寺に戻られず、おつらい行にも耐えておいでや。わたしもきばって新しい手法の一つでも学ばんことには恥ずかしいわなあ。

あの手法を寺に持ち帰ることができたら、お上人様も仏師はんらも、どないに喜んでおくれか知れへん。丹波へ去《い》んだら、お前んからもお上人様に口添えして欲しい」

と、そら、息もつかんような話しぶりだした。

今一つ驚いたんは、石弁はんはお楓さまと文を交わしておいでだしたんや。

文使いをしとったのが、ほれあの団子盗んでどつかれよった、あのわっぱ。松王丸いいますのや。あの子も哀れな子だす。

またいつか折があったら、お話しさせてもらいまっさ。

わしらが大部の庄から帰ってから後も、寺の縁日には松王丸がお楓さまの椿餅を届け、そのたんびに二人の文が行き交《こ》うとったそうだす。

へえなァ、東寺のくりぬきの兜跋毘沙門天さんのこと、石弁はんに教えなはったんもお楓さまやとか。多分お楓さまは清観様に聞かれたんだっしゃろなァ。

天下一の仏師になって欲しいとお文にあったと、それはもう嬉しそうな石弁はんだした。

わしは文のやりとりして、万が一にも清観様の言われる障《さわ》りごとが起こったらと、気になってなりまへなんだが、お楓さまが乙名の娘と知れてからはなんとのう気づまりで、何もよう言いまへんだした。

やがてのこと、石弁はんはお上人様の添え文いただかれ、二年か三年という約束で奈良へ行ってだした。

あとの寺の忙しさ思うたら、石弁はんを身勝手な人やと小腹も立ったけど、お上人様がお許しになったことや、しょうおまへん。

それにしても、石弁はんには何かと甘いお上人様やと、思いよりましたで。

東大寺の別当《べっとう》様は、お上人様の古いご学友とかで、特に石弁はんに仏師入門のお許しが出たそうだす。

よそもんの仏師はんは門前を通るだけで、怪しまれるとか、並みのもんは工房には入れてもらえんそうだすってなァ。あんさんもようご存じで。

そないに造仏の手法の秘密は守られとりますのか。お上人様も言うておいでやったが、ほんまのことだすのやなァ。

へえなァ。お楓さまが元気で大部の庄においでのことは、お上人様にもお大黒様にも内緒にと決めておりました。どうせあと二年は帰っては来られん八方塞がりの年。すべては石弁はんが戻られてからにしようと、二人の内緒と決めたんだす。

あんさん、口寄《くちよ》せ巫女《みこ》の霊招《たままね》きいうのをご存じだすか。死んだお人の魂をこの世に呼びよせたり、病気が治らんのは何の障《さわ》りかを聞いたりすると、狐つきのおばばというのがよどみも無うに答えますのや。

あれは、門の前のこぶしが空を綴《つづ》るように咲いとるころだした。きれいやなあと、ぼうっと眺めとりますと、いろいろなこと思い出されて来よりました。

この樹ィに登るのをお楓さまに教えたのは石弁はんやった。こんまい二人がじっと肩並べて座っておいでたんは、どの枝やったやろか。そう言えば、このこぼっとした、手のくぼみたいな花びらにくろもじの小花入れて、二人でまんまあそびしておいでやったなア。

ふと気ィつくと、日の暮れが近いのに、お大黒様が被《かず》きをかぶられ、市女笠《いちめがさ》持ってどこへやらお出掛けの様子だす。お顔の色が青く、いつもとは違うご様子に声をおかけすると、えろう驚かれましてなあ。でも、気をとりなおしたかのように、わしに香《こう》良《ら》までついて来て欲しい言われますのや。

あそこは昔、お楓さまのことでお上人様とのゴタゴタがあったとき、お大黒様が籠《こ》もられた庵《いおり》のあるところ。あんさん、よう覚えておいでやなあ。小さい滝があって、かくれ里のようなとこだす。いつのころからか、その庵に九つの尾を持つ狐が取りつくという白髪頭のおばばが住みついて、奇妙な祈祷をするというわさだした。

この狐つきのおばばの口寄せがよう当たるとかいうて、ここのところ訪ねるもんが増えとるとか、わしも耳にしよりました。

そのようなとこへ、なんでお大黒様がと、思いました。

香良までの道々のお大黒様の話、わしの肝《きも》は熱うなったり冷とうなったり、どないしょうかと思いましたで。

「じいさん、ひょっとしたら、お楓が生きとるかも知れんのや」

人のうわさ話など信じたらろくなことはないといつも言うてのお大黒様が、

「そのうわさ、聞けば聞くほどお楓に似通うことばかりや。川の上から大水の日に流されて来た子は、年の頃なら十二、三。丸顔で色白、疱瘡のあとまであると聞かされた時は、体がふるえてきてなあ。せめて生き死にだけでもわかれば」

と、聞きに行くのやと言うてだした。

わしはもう、どないに返事してええもんやら、だまってうなずいてばかりしよりました。

お上人様に知れたら、人のうわさを信じて狐つきのおばばにそのようなこと判《はん》じてもらいに行くのかと、きついお叱りを受けそうや。今日のお留守を幸い、こっそり寺を出てきたのや言うてだす。

実のとこ、わしはお楓さまがお先代様とわしのお嬶《かか》の乙名の子やと知れた時から、ご夫婦がお楓さまのことを口に出されへんのが、かんにさわっとりましたんや。

やっぱり、水くさいんや。お楓さまのこと、気にならんのやと、思いよりました。

ように考えたら、わしへの気遣いやったのになァ。

こうして、恐ろしいといううわさの狐つきのおばばまで訪ねておくれよるのにと、思いましたで。

日の暮れの川土手は、一面につばなの白い穂が風に揺れとりました。わしにはそれがこれから会う狐つきのおばばの白髪のみだれのように見えて、気色《きしょく》が悪うてなりまへなんだ。

香良のおばばは世にも恐ろしいとうわさに聞いとります。大丈夫かいなあと、内心びくびくもんだした。

お天道さんは西の山の端にかくれ、香良の里を薄暗い闇が包みよります。谷あいのせまい登り坂をたどると、おばばの住む庵の前だす。

樹の茂る谷間を一筋の白い光になって、滝が落ちよりました。

滝壺の前のちょっとした広場に、数にしておおよそ十人ほどの女たちが、ひとかたまりに座っとりました。

端の方で、明かり取りにするのやろか、松明《たいまつ》が焚《た》かれとりました。

大黒様は空いているとこへ身を滑らすように座ってだした。

「この中に男はおらんな。男は祈祷の邪魔。とっとと去れ。次女、三、四、五、六女もおらるまいなあ。長女ばかりじゃな」

しゃがれ声が響きました。薄闇の中でじっと目をこらすと、白髪頭の白い着物の女が、膝と両手を地面について顔を伏せとったんが、にわかに体を起こし、射るような目で、四方を見よりました。わしがにらまれたように思いました。そんな気がしただけかも知れまへん。

あわててそばのクマザサのしげみに体をかくしました。こわいもの見たさ半分と、まさかの時はお大黒様をお守りせなあかんと、覚悟半分の心地だしたさかいなあ。へえ、なんで長女やないとあかんのやってかいね。聞いた話では、長女のほうがのり移る力が強いのやそうだっせ。

昔から、招魂《たまより》は長女がよいといわれとりますやろ。

あんさん。ご存じない。さよか。

やがてのことに、おばばが髪を振り乱し、手にした細かい笹を振りながら祈り始めますとなあ、周りを囲んでおった女たちが立ち上がって囃《はや》して廻り始めますのや。

おばばの祈りと踊りが激しくなるにつれて、女たちの囃す声や踊りもだんだんと激しゅうなっていきよります。

渦を巻くようなそれの繰り返しだす。

廻りに廻る女どもが酔うたようになり、それがおばばの体にまとわりついてゆくようにも見えました。いや、その逆やったのかもしれまへん。松明《たいまつ》の明かりの中で見ると、とてもやないが、この世の出来事とは思われん気色《けしき》だした。

女どもは、おばばにいろいろな尋ねごとしていきよります。ようようにお大黒様の番が来てなァ。離れたところからやで聞きとりにくいところもあったんやが、

「生きておいでじゃ！」

という、しゃがれ声だけはわしのところにもよう届きよりました。やがてのことに、おばばはさも疲れたふうに、ぐたァと地面に倒れてしまいよりました。

取りついていたお狐様がお帰りになったのやいうて、占いをしてもろとった女どもも帰り支度を始め、わしも後ろに従いました。小望月《こもちづき》の月の明かりの夜でおました。

播磨《はりま》の国にお出掛けやったお上人様が寺に戻って来られてからが、おおごとだした。お大黒様を呼ばれてなあ。

へえ、なんでやわからへんけど、お上人様に知れてしもたんだす。

「寺の坊守《ぼうも》りをしてみ仏にお仕えする身のものが、こともあろうに、得体《えたい》の知れん狐

つきなんかにたぶらかされよって。お楓がおらんようになって何年過ぎたと思うとるのや。生きておるのなら、あの娘のこと、文の一本も寄こすはずとは思わんのか。ほんにおろかしい。仏への信心がたらん」

とお叱りになります。

お大黒様もなかなか気の強いお方。

「お楓のためにしたこと。どこが悪うおますのや。親なら風のうわさ一つでも心おだやかではおられぬはず」

と、これまた、おゆずりになりまへん。

「なんで行くのを止めてくれなんだのや」

と、わしにまでとばっちりが飛んでくる始末。

それまで仲のよかったお二人が口もきかれんようになって、どないしょうもおません。お二人の間に入って、あっちのご用をこっちに、こっちのご用をあっちにと、米搗きバッタのような毎日。困り果てよりました。

もの言わずのけんかは、およそ、四、五十日は続きよりましたかいなあ。

盂蘭盆《うらぼん》は近づく、相談相手の石弁はんは留守、さすがのお上人様も手を焼かれましたんやろか。

「どうしたもんやろ」

と、わしみたいなものにご相談なさいますのや。

へえなァ、わしもお楓さまのことを、このままだんまり決めこんでええのかいなァと、夜もろくに眠れまへん。石弁はんに文書こうにも文字は知らず、どないしたらええかいなあと、そればっかり思いよりました。

彼岸もすぎ、秋の早い丹波の山々が紅葉を始めたころだした。

お大黒様が人目の無い背戸《せど》にわしを呼ばれましてなァ、

「今、香良の口寄せのおばばの使いやいう人が来てなあ、

『お楓の居所を判《はん》じたから、お布施を包んですぐ来るように』

とのことづけなのや。これがまた、法外な値ェでなあ。お上人様には告げられず、さりとて、あの時聞いた『生きとる』という言葉は忘れられず、どこでなにをしているか、知りとうて居ても立ってもおられへんのや」

と涙ぐまれますのや。

「ちょっと来とくんなはれ」

わしはお大黒様の手ェ引っ張って、お上人様のとこへ行きました。

へえなァ。とうとう、今までのあれこれを、いっさいがっさいぜェんぶゥ、お話ししたんだす。

底冷えのする日だした。

そらもう驚かれたり、あきれられたり。

隠しておったことをおとがめもなさらず、お二人は手を取り合うて、お楓さまのご無事をお喜びだした。

お上人様は早速に施療院に使いを出されて、お楓さまのご無事を確かめ、お帰りの手はずを決めてだした。

新しい年をこないに晴れやかな気持ちで迎えるのは、何年ぶりのことやろうと、お大黒様は何度も言われ、ええ松の内だした。

睦月《むつき》の十五日はこのあたりでは神様の正月、言いよります。

年も改まったことやで、お楓さまの三年ふさがりも解けたんやろうと、お上人様が言うてだした。

わしは、清観様の占いに従《したご》うたら、葉月まで待たなあかんはずやと思たんやが、お上人様はまやかしめいたことはほんお嫌いなお方。言い出すのもはばかられましてなあ。

お迎えの日ィは、わしもお供をしました。

あの日は朝から横なぐりのえらい吹雪だした。

お上人様はお楓さまのため、新しい牛車《ぎっしゃ》を用意されましてなあ。

夜明けを待たず、雪明かりを幸いの七つ立ちで雪道を急がれました。

お楓さまは薄暗い方丈《ほうじょう》の隅で、なにかをお書きだした。長いお髪と、幼いころの面影を残す白い頬をそばの燭《しょく》の火が照らしとりました。

大人びておいでだした。

乙名に生き写しだした。

涙がひとりでにこぼれてなあ。

「お楓」

と呼ばれるお上人様の声も涙声だした。

お上人様は部屋の経机や屏風などを音を立てて取り払い、お楓さまの帰りをおせかしだした。

それは、一刻でも早うせんことには、またお楓さまが消えてしまいはせんかと思うておいでのようだした。

院主様へのご挨拶のあと、未《ひつじ》の刻《こく》（午後二時）には雪の道を丹波へと、その日のうちのとんぼ返りは、お喜びの心地の表れだしたんやろ。

へえなァ、七年ぶりのお楓さまのお帰りに、寺中のもんがどれほど喜んだか、とてもやないが、お話しでけへんほどのありさまだした。

なさぬ仲といえ、親子というのはいちいち話をせんでも心の通うもんかいなあ。それとも物忘れの病がつらい思い出を消してしまわれましたんやろか。

白鳳さんのことではお上人様へのおうらみもあったやろうに、まるでなにもなかったかのようで。長い年月の無沙汰をわびられるお楓さまを、いとしゅうてならんように、お二人は眺めておいでだした。

わしの覚えにあるお小さいころのお楓さまが、もっともっとかしこう、やさしゅう、おなりで、ついつい乙名のことが思い出されてせつのうてなりませなんだ。

里のわらべから村おさ様まで上を下へのお祝いの大騒ぎが、半月の余も続きましたやろ。

お楓さまは、人々の嬉しい騒ぎのなかでも、乙名の死んだことをそれはそれは悲しまれましてなあ、暇さえあれば墓参りをしておくれますのや。

あれは、如月にはめずらしい温《ぬく》い日。

こぶしの蕾《つぼみ》が心なしかふくらんだ日和だした。

「大部の庄にいる時、ようこの樹ィの夢を見ました。花の白い盛りの下に、乙名ばば様が立たれて、寂しげに笑うておいでやった。あれはきっと楓に別れを告げに来ておられたのにちがいない」

と、ご門前のこぶしの樹肌、撫でもって言うてだした。

何もご存じないのがおいたわしいやらもどかしいやら。けど、わしの口からは言えることではなし、辛うおました。


墓参りを終え、二人で戻ろうとした時、お上人様とお大黒様が登っておいでで、乙名の墓の前で話しておきたいことがある言われましたのや。

へえなァ、お楓さまのお生まれにまつわるあれこれ一切をお聞かせになったんだす。

「いつかは話そうと思うていたこと。わかって欲しい」
お上人様の言葉に、お楓さまは目にいっぱいの涙を浮かべて、深うにうなずいてお
いでだした。
「乙名ばばさまのこと、ようわかりました。いっそういとしゅう思います。とは申せ、
楓にとって、とう様、かあ様と、お呼びするお方はお二人のほかにはない」
と、お墓の前に膝をついて泣きくずれておいでだした。
その時わしは、乙名に会いたい。会うて、肩を抱いて、よかったなあと言うてやり
たいと、心底思いました。
へェへェ。あのお厨子《ずし》。わけ言うてお渡ししましたでェ。それはそれは喜んでおい
でだした。
墓の周りにわしが植えた、あの乙名の好きな山ざくらが初めての花芽を三つ四つつ
けた年でもおました。
やがてのことに、お楓さまは、お上人様にお頼みになり、この里に施療院を開かれ
ました。

へえ、さっき言いましたかいなあ。はたの見る目もお気の毒なほどのお忙しい毎日。わしもたいして役にはたたんのやが、ねずみとらんねこよりましかいなァと、松王丸と一緒にお手伝いをさせてもろとります。

へえそらァもう、もったいないほど、わしを大事にしておくれてだす。

エッ、二人の兄様のことだすかいね。へェへェ。あんさんも、このお寺の跡取りのことが気になる言うてだすか。

兄様方はお二人とも、小さい折からかしこいお方で、神童やとか言われておいでだした。

うわさが聞こえましたんかいなあ、奈良の国分寺のお坊さまが来られて、お上人様もご承知のうえで、今、高野山《こうやさん》で官度僧《かんどそう》になるご修行を続けておいでだす。

官度僧って、そないにえらいお人でないとなれまへんのか。試験があるってかいね。えらいことですなあ。

亡くなられたお上人様は、その、カンとか、なんとか言うのとは違いますのか。へえ、私度僧言いますのか、火宅僧《かたくそう》とも言うてかいね。

へえェ、俗世《ぞくせ》でよめはんやら子ォやらある坊さまのことをそう言うんだすのか。

あんさんみたいに、旅から旅をして、托鉢《たくはつ》しておいでのお方はどないに言いますのや。へえ、沙門《さもん》さま言うのだすか。

一ぺんでは覚えられんなァ。

あんさんはほんまに物知りだすなァ。

兄様方が、皆、えらいお坊さまになられて、この寺の跡目継ぎなさるようなことは、万に一つもおまへんやろ。

お上人様の思いでは、お楓さまと石弁はんを妻《めあ》わせて、この達身寺継がすおつもりだったんと違うのかいなあ。


そやそや、その石弁はんのことだす。

あれは五月なかばのこと、薬草園の草を引いとったら、思案に余ったようなお顔をして、お楓さまがわしに話されますのや。

「この頃、石弁様から一向にお文がないのや。もしやご病気やないかと案じられて」

と長い髪かきあげながら、吐息まじりに言うてだした。

なんでも東大寺に行かれてから、二度ばかり文は届いたものの、それ以来ぷっつりと一年以上も音沙汰がない。どうなされたかと気になってなあ、言うてだした。

お楓さまも幼なじみの石弁はんを好いておいでやと、その時、初めて知りました。石弁はんのお楓さまへの気持ちは前からようわかっとりましたんやが、お楓さまも同じ思いでおいでだしたんやなァ。

わしは、まずはお上人様にようご相談しなはれと言いましたのや。

あんさん。

お文がなかったのも道理、思いもかけぬことが石弁はんの身に起きとりましたのやで。

お上人様はすぐに東大寺の別当様に問い合わせの文を出されたんやが、そのお返事が大仏師様から届きましてなあ。その大仏師いうのが、あの丑、そうだす。あの快心さんがえろう出世されて、東大寺の大仏師になっておいでだしたんや。

そのお文にはなあ、腰抜かすようなこと、書いてあったそうだっせ。

あんさん、仏師はんにも二手あるそうだすなァ。

へえェ。京派と奈良派いうのやと、お上人様も言うとってだした。仲がわるいんだすか。血ィ見るような喧嘩もするってかいね。困ったもんだすなあ。

石弁はんはもともと奈良派のお方やのに、作っておいでの兜跋毘沙門天様が京の東寺の兜跋毘沙門天様の御姿を写されたもののため、京派の流れ汲んどるやつ、こやつは、仏像造りの技法を盗みに来たに違いないと疑われて、石の牢に入れられなはったそうだす。

へえなァ、石弁はんのお仏像は七、八分どおり出来とったんやそうだっせ。

たたき割って燃やすように命じられた牢番が、あまりに見事な出来ばえに感心して、こそっと物置の隅に隠しておったのやそうだす。

昔からの知り合いは皆はん、それぞれのお国元に戻られ、石弁はんの身の証をたててくれる人もあらへん。頼りの別当様までが京の大門の造営の監督においでになられてお留守やったげな……。

それがまあ、なんと、あの快心はんのお力でなあ。

石牢に入れられとるのが丹波の達身寺の仏師と聞かれて、別当様とはかって、石牢から出るようにしておくれたのやそうだっせ。

やがて届いた石弁はんからの文には、みんなふるえあがりましたで。深い深いとこに掘られた石の牢は一日中が無明の中。朝と思えるほんの一時《いっとき》、一筋の光がぼうと差し込んできて、どっか遠いところで雄鶏がときを告げて鳴く声に朝がわかるのやそうです。

牢番は口もきいてくれず、食事は一日一度の物相飯《もっそうめし》。

石弁はんのお文では、自分の心の中に自分が閉じ込められていくようで、七日も入れられたら気ィ狂うといわれとる牢屋やそうだっせ。

石弁はんは朝の光の届くほんのちょっとの間に、落ちとる石拾うて、入れられた牢の壁に、それがなあ、あんさん。わしの造ったあの聖観音《しょうかんのん》さんのあのお顔、乙名に似とるとか、お楓さまに似とるとか言われたあのお顔を思うて、石の壁に観音様のお顔を描き、毎日、それに向《む》こて、大声で観音経を唱えておいでたんだっせ。

三造はんのおかげやとお文にあったんやそうだす。

『そんな暗い牢屋の中で、壁に書いた観音様に一心不乱にお経をあげていると、わたしには観音様がついておいでやと思えて来たのです。

そして小さいころ、お楓さまといっしょに唱えた日がよみがえり、

──わたしがお側におります。お案じなさいますな──

というお楓さまの声までが聞こえて来て、大きな安堵になりました』

お上人様は石弁はんからの手紙を声に出して読んで聞かせておくれだした。

「さすがじゃ。わしが見込んだ通りじゃ。これで石弁にお楓をまかせても大丈夫じゃ」

とお大黒様と顔見あわせて嬉しそうに笑うてだした。

どうやら、乙名とおんなじで、お上人様方も昔から石弁はんをお楓さまのお相手と決めておいでやったんか知れまへん。

「石弁の作っている兜跋毘沙門天は、この度、鞍馬寺に納められることにきまったそうや。できあがるまでにはまだかなりの日数がかかるそうやが、納める前に達身寺の皆にも見て欲しいので、一度持ち帰ると書いてある。

寺の仏師たちに、剞《く》り貫《ぬ》きという新しい技法を教えるためやろう。わしも楽しみや」

とそれはそれは、嬉しそうなお顔で言うてだしたで。

別当様からも、お上人様宛におわびのお文が入れられ、石弁はんは改めて造仏の奥義を授けて貰われたのやそうでおます。

その後のお文で、お帰りの日まできまりましてなあ。

聖観音菩薩

へえなァ、その嬉しい知らせに、皆が浮かれとる晩のことだした。
好事魔多《こうじま》し言うけど、こないなことが起きてよいもんだっしゃろか。
お大黒様のただならん声にわしが駆けつけた時は、お上人様はもうなあ……。
側でお楓さまが泣きくずれておいでだした。
心の臓の発作で、ほら、あっけないご最期でおました。
それにつけても、お上人様の急な亡くなりようは清観様の卦に従わなんだからでは
と思えますのや。
あと、半年。せめて、葉月までお楓さまのお迎えの日を延ばしておったら。
いやいや、お楓さまが大部の庄においでのことをわしがお話しするのを、今少し、先
に延ばしておれば、こないな変事は起こらなんだのやないかと悔やまれてなあ。
へえ、違うてかいね。寿命やってかいね。わしが悪いわけでも、誰が悪いわけでも
ないってかいね。そない言うてもろたら、少しは気が楽になりますけどなあ。

あんさん。死んだもんと生きとるもんとをつなぐもんてなんだっしゃろなァ。わし
はこの頃、仏師はんが心を込めて作られた仏さんに手ェ合わす、あの一時やと思えて

なりまへんのや。

観音さんであれ、お地蔵さんであれ、拝んどったら、何やらわからんが心の中にある憂さがなだめられていく気がしますのや。

死んでいった人をおまつりして両手を合わせるのは、つまるところ生きとるもんの魂をしずめとるのかもしれまへんなァ。

乙名が死に、お上人様が亡くなられてから、よけいにそんな思いにさせられますのや。


日が落ちましたなァ。

ぼつぼつお楓さまや石弁はんのお着きになるころ違うかいなァ。お大黒様やお頭はん方を早うお呼びせんと。

へえなァ。お楓さまは朝の早うから船泊まりの黒田庄まで、五年ぶりでお帰りの石弁はんの迎えにおいでだす。

おぼろ月でも出とるんやろか。外がほの明るうおます。

あんさん、見ておくんなはれ。夜のこぶしの花、まるで白い鳥が仲良うに並んどるように見えしまへんか。過ぎて行った日々が昨日のようだす。

おう、おう、見えてきた、見えてきた。ずっと向こうの山かげあたりや。

あんさん、あの松明《たいまつ》の明かりが見えますすか。きっと石弁はんに間違いおません。

小さいときからの左利き、松明の火ィが左回りしよります。

お大黒様、見えまっか。あの牛車に石弁はんとお楓さまが乗っておいでだすのやで。

何十年ぶりのお出会いだすわなァ。牛車の中で、手握りおうておいでかも知れまへんなァ。

わし、嬉しうて泣けてきた。

お上人様が生きておられたら、どないにおよろこびやろう。

乙名が生きておったらなァ……。

ええぐあいに、今夜は十六夜《いざよい》。こぶしの花も白い篝火灯《かがりびとも》してお迎えしとるみたいに見えますなあ。

エエッ、あんさん。

今夜はこの樹ィの下で寝るてかいね。

十六夜の月と、山アララギ。嬉しいってかいねェ。

修行になるってかいねェ。

けど風邪引いたらあきまへんでェ。

オッ！　お大黒様、火ィがだんだんと近づいてきましたでェ。

「石弁はーん、お楓さまあ」

著者プロフィール

中松 弘子（なかまつ ひろこ）

昭和6年、阿波半田町に出生。父の転勤に伴い、この物語の舞台となった達身寺に近い丹波氷上町で成長。女学校卒業後、尼崎市立保育所の保母として、また共働き主婦として多忙に過ごし、現在は明石市に在住。

五十歳で退職後、青春期から続けている短歌のほかに、書道と児童文学に親しむ。朝日カルチャー丸川教室児童文学研究科解散後は級友旧友と同人誌『花』を発行、研鑽を続け、仲間の支えもあり、夫の職場の大橋画伯の仏像画に触発された作品群を書き継ぐ。

日本児童文学者協会会員。

大橋 良三（おおはし りょうぞう）

大正4年、神戸市生まれ。画家。兵庫県芸術文化懇話会委員、兵庫県日本画家連盟会長、兵庫県芸術文化協会理事、神戸市芸術文化会議会員、文化団体半どんの会会員等。

神戸市あじさい賞（昭48）、神戸市文化賞（昭51）、文化庁地域文化功労者賞（平2）、神戸新聞平和賞（平5）等。

達身寺花曼陀羅《たっしんじはなまんだら》

2002年4月15日　初版第1刷発行
2002年7月5日　初版第2刷発行

著　者　中松 弘子
発行者　瓜谷 綱延
発行所　株式会社 文芸社
〒160-0022　東京都新宿区新宿1-10-1
電話　03-5369-3060（編集）
　　　03-5369-2299（販売）
振替　00190-8-728265

印刷所　東洋経済印刷株式会社

ISBN4-8355-3658-4 C0093